周萍英 主編

文學名著中的嚴州

第三册

《官場現形記》中的嚴州

浙江大學出版社
ZHEJIANG UNIVERSITY PRESS

目録

《官場現形記》中的嚴州

目錄

《官場現形記》中的嚴州

第十二回　設陷阱借刀殺人　割靴腰隔船吃醋

却説戴大理向巡捕問過底細，曉得他的這個缺是斷送在周老爺手裏，因此將周老爺恨入骨髓。當時却也不露詞色，向巡捕交代過公事，送過巡捕去後，他却是直氣得一夜未睡。整整盤算了一夜，總得借端報復他一次，方洩得心頭之根。

且説他這五天假期裏頭，所有文案上幾個同事一齊來瞧他，安慰他。周老爺却更比別人走的殷勤，每天早晚兩趟，口口聲聲的説：『自從老前輩這兩天不出來，一應公事，覺着很不順手，總望老前輩全愈之後，早點出門才好。』他同戴大理敷衍，戴大理也就同他敷衍。周老爺回到院上，有時劉中丞傳見，問起戴大理的病，周老爺便回中丞説：『戴牧並没有甚麼病。聽説大人前頭要委他署事，後來又委了別人，他心上不高興，所以請假在家養病。卑職想此番不放他出去，原是大人看重他的意思，爲的年下公事多，他總算這裏熟手，所以留他在裏頭多頓兩個月。卑職伺候上司也伺候過好幾位了，像大人這樣體恤人，曉得人家甘苦，祇要有本事能報效，還怕後來没有提拔嗎？戴牧却看

《官場現形記》中的嚴州

第十二回　設陷阱借刀殺人　割靴腰隔船吃醋

却說戴大理向巡捕問過底細，曉得他的這個缺是斷送在周老爺手裏，因此將周老爺恨入骨髓。當時却也不露詞色，向巡捕交代過公事，送過巡捕去後，他却是直氣得一夜未睡。整整盤算了一夜，總得借端報復他一次，方消得心頭之恨。

且說他這五天假期裏頭，所有文案上幾個同事一齊來瞧他，安慰他。周老爺却更比別人走的殷勤，每天早晚兩趟，口口聲聲的說：「自從老前輩這兩天不出來，一應公事，覺着很不順手，總望老前輩全愈之後，早點出門才好。」他同戴大理敷衍，戴大理也就同他敷衍。周老爺回到院上，有時劉中丞傳見，問起戴大理的病，周老爺便回中丞說：「戴牧並沒有甚麼病。聽說大人前頭要委他差事，後來又委了別人，他心上不高興，所以請假在家養病。卑職想此番不放他出去，原是大人看重他的意思，爲的年下公事多，他總算這裏熟手，所以留他在這裏頭多頓兩個月。卑職伺候上司也伺候過好幾位了，像大人這樣體恤人，曉得人家甘苦，祇要有本事能報效，還怕後來沒有提拔嗎？戴牧却有不透這個道理，反誤會了大人的一番美意，將來總是自己吃虧。』劉中丞一聽這話，心上好生不悅，道：『我委他缺，又没有當面同他講過，他若一直在我這裏當差，還怕將來没有調劑？怎麽我要他多幫我幾個月就不能够嗎？有病請假，没病也請假，他還是拿把我，除了他我就没有人辦事嗎？』周老爺聽了，並不言語。誰知劉中丞倒越想越氣。過了五天，戴大理假期已滿，上去稟見；劉中丞雖没有見他，幸虧還没有撤他的委。他仍舊逐日上院辦公事。畢竟他是老公事，劉中丞少不得他，所以雖然不歡喜他，然而有些公事還得同他商量。他一見憲眷比從前差了許多，曉得其中一定有人下井投石，説他的壞話。他也不動聲色，勤勤慎慎辦他的公事，一句話也不多説，一步路亦不多走。見了同事周老爺一班人，格外顯得殷勤，稱兄道弟，好不鬧熱。並且有時還稱周老爺爲老夫子，説：『周老爺是中丞從前請的西賓，中丞尚且另眼看待，我等豈可怠慢於他。』周老爺一幫人見他如此隨和，大家也願意同他親近。周老爺没有家眷，是住在院上的，他不時要到周老爺屋子裏坐坐談談天；還時常從公館裏做好幾件家常小菜，自己帶來給周老爺吃，説是小妾親手做的：如此者兩個多月，大家衹見他好，不見他壞。偶然中丞提起，大伙兒一齊替他説好話，因此憲眷又漸漸的復轉來。況且他在院上當差已久，不要説外面人頭熟，就是裏頭的甚麽跟班、門上跑上房的，還有抱小少爺的奶媽子，統通都認得。戴大老爺自從在周老爺面上擺了一會老前輩，就碰了這們一個釘子，吃過這一轉虧，以后便事事留心。這是他閱歷有得，也是他聰明過人之處。

閑話休題。且説此時浙東嚴州一帶地方，時常有土匪作亂，抗官拒捕，打家劫舍，甚不安静。浙江省城本有幾個營頭，一向是委一位候補道臺做統領。現在這當統領的，姓胡號華若，是湖南人氏，同戴大理同鄉同年，因此他倆交情比别人更厚。却説這班土匪正在桐廬一帶嘯聚，雖是烏合之衆，無奈官兵見了，不要説是打仗，衹要望見土匪的影子，早已聞風而逃。官兵有兩種，一種是緑營，便是本城額設的營汎。太平時節，十額九空，都被營官、哨官、千爺、副爺之類，通同吃飽。遇見撫臺下來大閲，他便臨期招募，暫時彌縫，衹等撫臺不從這個道理，反誤會了大人的一番美意，將來總是自己吃虧。」劉中丞一聽這話，心上好生不悅，道：「一段差他做，又沒有當面同他講過，他若一直在我這裏當差，還怕將來沒有調劑？怎麼我要他多賞我幾個月就不能夠嗎？有病請假，沒病也請假，他還是拿把我，除了他我就沒有人辦事嗎？」周老爺聽了，並不言語。誰知劉中丞倒被他惹起氣，過了五天，藏大理假期已滿，上去稟見；劉中丞雖沒有見他，幸虧還沒有撤他的差。他仍舊逐日上院辦公事。畢竟他是老公事，劉中丞少不得他，所以雖然不歡喜他，然而有些公事還得同他商量。他一見憲眷比從前差了許多，曉得其中一定有人下井投石，說他的壞話。他也不動聲色，勤勤慎慎辦他的公事，一句話也不多說，一步路亦不多走。見了同事周老爺一班人，格外顯得殷勤，稱兄道弟，好不閑熱。並且有時還稱周老爺爲老夫子，說：「周老爺是中丞從前請的西賓，中丞尚且另眼看待，我等豈可怠慢於他。」周老爺一幫人見他如此隨和，大家也願意同他親近。周老爺沒有家眷，是住在院上的，他不時要到周老爺屋子裏坐坐談談天；還時常從公館裏做好幾件家常小菜，自己帶來給周老爺吃，說是小婆親手做的；如此者兩個多月，大家祇見他好，不見他壞。偶然中丞提起，大伙兒一齊替他說好話，因此憲眷又漸漸的復轉來。況且他在院上當差已久，不要說外面人頭熟，就是裏頭的甚麼跟班、門上、跑上房的，還有施小少爺的奶媽子，統通都認得。藏大老爺自從在周老爺面上擺了一會老前輩，就碰了這們一個釘子，吃過這一轉虧，以后便事事留心。這是他閱歷有得，也是他聰明過人之處。

閑話休題。且說此時浙東嚴州一帶地方，時常有土匪作亂，搶官招撫，打家劫舍，甚不安靜。浙江省城本有幾個營頭，一向是交一位候補道臺做統領。現在這富陽的統領胡華若，是湖南人氏，同藏大理同鄉同年，因此他倆交情比別人更厚。却說這班土匪正在桐廬一帶嘯聚，雖是烏合之衆，無奈官兵見了，不要說是打仗，祇要望見土匪的影子，早已聞風而逃。官兵有兩種：一種是綠營，便是本城額設的營汛。太平時節，十額九空，都被營官、哨官、千總、把總之類，通同吃餉。遇見撫臺下來大閱，他便臨期招募，暫時彌縫，所以撫臺一走，依然是故態復萌。這番土匪作亂，雖也奉到省臺密札，叫他們竭力防禦，保守城池；無奈舊有的兵，大概是老羸疲弱，新招的隊，又多是土棍青皮，平時魚肉鄉愚，無惡不作，到這時候有了護符，更是任所欲爲的了。至於那些營官、哨官、千爺、副爺，他的功名大都從鑽營奔競而來，除了接差、送差、吃大烟、抱孩子之外，更有何事能爲；平日要捉個小賊尚且不能，更不用说身臨大敵了。一種是防營。從前打『粵匪』，打『捻匪』，甚麽淮軍、湘軍，却也很立下功勞。等到事平之后，裁的裁，撤的撤，一省之内總還留得幾營，以爲防守地方起見。當初裁撤的時候，原说留其精鋭、汰其軟弱，所以這裏頭很有些打過前敵，殺過『長毛』的人；就是營、哨各官，也都是當時立過汗馬功勞，甚麽『黄馬褂』、『巴圖魯』、『提督軍門頭品頂戴』，一個個保至無可再保。事平之后，那裏有這許多缺應付他們，於是有此一個防營，就可安頓這一班人不少。又過了二十年，那些打過前敵，殺過『長毛』的人，早已老的老了，死的死了，又招了這些新的，還怕不與緑營一樣。這防營的統領幫帶，無論什麽人，衹要有大帽子八

行書，就可當得；真正打過仗，立過功的人，反都擱起來没有飯吃。就有幾個上頭有照應，差使十幾年不動，到了這種世界，入了這種官場，他若不隨和，不通融，便叫他立脚不穩；而且暮氣已深，嗜好漸染，就是再叫他出去殺賊也殺不動了。至於那些謀挖這個差使的，無非爲克扣軍餉起見，其積弊更與緑營相等。這回所说的胡華若胡統領，正坐在這個毛病。

這時候嚴州一帶地方文武官員，雪片的文書到省告急。上司也曉得該處營泛兵力單弱，不足防禦，就委胡華若統帶六營防軍，前往剿捕。胡華若的這個統領，本是弄了京裏甚麽大帽子信得來的，胸中既無韜略，平時又無紀律。太平無事，尚可優游自在；一旦有警，早已嚇得意亂心慌；等到上頭派了下來，更把他急的走頭無路。衹因戴大理交情頂厚，未曾奉札之前，偏偏又是戴大理頭一個趕來送信道喜。請安歸坐，便说：『蠢爾小醜，大兵一到，不難克日蕩平。指日報到捷音，便是超升不次。所以卑職前來叩喜。』胡華若道：『老同年休要取笑！你我彼此知己，更有何話不談。你想，我從前謀挖這個差使的時候，

一定，依然是故態復萌。這番土匪作亂，雖也奉到省憲密札，叫他們竭力防禦，保守城池；無奈舊有的兵，大概是老羸疲弱，新招的隊，更又多是土棍青皮，平時魚肉鄉愚，無惡不作，到這時候有了護符，更是任所欲為的了。至於那些營官、哨官、千總、副爺，他的功名大都從鑽營奔競而來，除了接差、送差、吃大煙、摸骰子之外，更有何事能為？平日要捉個小賊尚且不能，更不用說身臨大敵了。二種是防營。從前打『粵匪』，打『捻匪』，甚麼淮軍、湘軍，卻也很立下功勞。等到事平之後，裁的裁，撤的撤，一省之內總還留得幾營，以為防守地方起見。當初裁撤的時候，原說留其精銳，汰其軟弱，所以這裏頭很有些打過前敵，殺過『長毛』的人；就是營、哨各官，也都是當時立過汗馬功勞，甚麼『黃馬褂』、『巴圖魯』、『提督軍門頭品頂戴』，一個個保至無可再保。事平之後，那裏有這許多缺應付他們，於是有此一個防營，就可安頓這一班人不少。又過了一二十年，那些打過前敵，殺過『長毛』的人，早已老的老了，死的死了，又招了這些新的，還怕不與綠營一樣。這防營的統領幫帶，無論什麼人，祇要有大帽子、八行書，就可當得；真正打過仗，立過功的人，反都擱起來沒有飯吃。就有幾個上頭有照應，差使十幾年不動，到了這種世界，入了這種官場，他若不隨和，不通融，便叫他立腳不穩；而且暮氣已深，嗜好漸深，就是再叫他出去殺賊，也殺不動了。至於那些藉着這個差使的，無非為克扣軍餉起見，其積弊更與綠營相等。這回所說的胡華若胡統領，正坐在這個毛病。

這時候嚴州一帶地方文武官員，雪片的文書到省告急。上司由驛得該處營汛兵力單弱，不足防禦，就委胡華若統帶六營防軍，前往剿捕。胡華若的這個統領，本是弄了京裏甚麼大帽子信得來的，胸中既無韜略，平時又無紀律。太平無事，尚可優游自在；一旦有警，早已嚇得意亂心慌；本等到上頭派了下來，更把他急的走頭無路。祇因臧大理交情頂厚，本營未動之前，偏偏又是臧大理頭一個起來送信道喜。請安歸坐，便說：「蕞爾小醜，大兵一到，不難克日蕩平。指日報到捷音，便是超升不次。所以卑職前來申喜。」胡華若道：「老同年休要取笑！你我彼此知己，更有何話不談。你想，我從前謀幹這個差使的時候，化的銀子你是曉得的，通共祇當得半年，從前的虧空還没彌補，就出了這個岔子，你説我心上是什麽滋味！况且這出兵打仗的事情，豈是你我所做得來的？錢倒没有弄到，白白的把命送掉，却是有點劃算不來。至於立功得保舉的話，等别人去做罷，這種好處我是不敢妄想的了。』戴大理道：『上頭委了下來，大人總得辛苦一趟。』胡華若道：『我不去！我這身子是吃不來苦的，倘若送了命，豈不是白填在裏頭！甚麽封蔭恤典，我是不貪圖的。等到札子下來，我拼着這官不做，一定交還上頭，請他另委别人。』戴大理道：『這個倒不好退的。好在那裏是烏合之衆，没有什麽大不了的事情。大人不過祇想不擔這個沉重，其實卑職倒有一條主意：大人上院稟請一個人同去，各式事情祇要委了他，無論辦好辦醜，都可不與大人相幹。』胡華若忙問：『何人？』戴大理道：『就是同卑職在一塊辦文案的周某人。』胡華若道：『我也曉得這個人，聽説他做過中丞的西席的。』戴大理道：『正是爲此，所以他在中丞跟前，言聽計從，竟没有一人趕得上他。現在上頭委了大人到嚴州剿辦土匪，大人要説不去，以卑職愚見，那是萬萬使不得的。被上頭看了，倒像我們有心規避，恐怕差使辭不掉，還要叫上頭心上不舒服。』胡華若道：『依你老同年的意思怎麽樣？』戴大理道：『現在祇等公事一下，大人就上院回中丞，稟請幾個得力隨員一同前去；頭一個就把周某人名字開上。上頭是没有不答應的。周某人想在中丞跟前當紅差使，好意思説不去。等他前來稟見之時，大人就把一切剿捕事宜，竭力重托在他身上。將來設或事情辦得順手，大家有面子；倘若辦得不好，大人祇須往周某人身上一推。中丞見是周某人辦的，就是要説甚麽，也不好説甚麽了。到這時候，大人再去求交卸，求上頭另委他人，上頭就是怪大人辦的不好，譬如有十分不是，到此亦減去七分了。大人明鑒：卑職這個條陳可否使得？』胡華若一聽他言，不禁恍然大悟。連忙滿臉的堆着笑，説道：『老同年此計甚妙，兄弟一定照辦。』説到這裏，戴大理又請一個安，説道：『將來大人得勝回來，保案裏頭，務求大人在中丞跟前栽培幾句，替卑職插個名字在内。』胡華若道：『祇個自然。但怕辦的不好回來，叫老同年打嘴。』

戴大理尚未及回答，忽見一個差官來稟：『院上有要事立刻傳見。』

化的跟手你是曉得的，通共祇當得半年，從前的虧空還沒彌補，就出了這個岔子，你說我心上是什麼滋味！況且這出兵打仗的事情，豈是你我所做得來的？總個沒有弄好，白白的把命送掉，卻是有點划算不來。至於立功得保舉的話，等別人去做罷，這種好處我是不敢妄想的了。」戴大理道：「上頭委了下來，大人總得辛苦一趟。」胡華若道：「我不去！我這身子是吃不來苦的，倘若送了命，這不是白填在裏頭！況麼封蔭恤典，我是不貪圖的。等到札子下來，我拚着這官不做，一定交還上頭，請他另委別人。」戴大理道：「這個倒不好退的。好在那裏是烏合之眾，沒有什麼大不了的事情。大人不過祇想不着這個沉重，其實卑職倒有一條主意：大人上院稟請一個人同去，各式事情祇要委了他，無論辦好辦壞，都可不與大人相幹。」胡華若忙問：「何人？」戴大理道：「就是同卑職在一塊辦文案的周某人。」胡華若道：「我也曉得這個人，聽說他做過中丞的西席的。」戴大理道：「正是為此，所以他在中丞跟前，言聽計從，竟沒有一人趕得上他。現在上頭委了大人到嚴州剿辦土匪，大人要說不去，以卑職愚見，那是萬萬使不得的。被上頭看了，倒像我們有心規避，恐怕差使辭不掉，還要叫上頭心上不舒服。」胡華若道：「依你老同年的意思怎麼樣？」戴大理道：「現在祇等公事一下，大人就上院回中丞，稟請幾個得力隨員一同前去；頭一個就把周某人名字開上。上頭是沒有不答應的。周某人想在中丞跟前當紅差使，好意思說不去。等他前來稟見之時，大人就把一切剿捕事宜，竭力重託在他身上。將來設或事情辦得順手，大家有面子；倘若辦得不好，大人祇須往周某人身上一推。中丞見是周某人辦的，就是要說甚麼，也不好說甚麼了。到這時候，大人再去求交卸，求上頭另委他人，上頭就是怪大人辦的不好，譬如有十分不是，到此亦減去七分了。大人明鑒：卑職這個條陳可否使得？」胡華若一聽他言，不禁恍然大悟。連忙滿臉的堆着笑，說道：「老同年此計甚妙，兄弟一定照辦。」一說到這裏，戴大理又請一個安，說道：「將來大人得勝回來，保案裏頭，務求大人在中丞跟前栽培幾句，替卑職補個名字在內。」胡華若道：「祇個自然。但怕辦的不好回來，叫老同年打嘴。」戴大理尚未及回答，忽見一個差官來稟：「院上有要事立刻傳見。」

戴大理衹好起身相辭。

胡華若立刻坐轎上院。走進官廳，手本剛才上去，裏頭已叫『請見』。當下劉中丞同他講的就是嚴州府的事情，叫他連夜前去剿辦土匪。並説：『那裏的事情十分緊急。老兄帶了六個營頭先去。如果不敷調遣，趕緊打個電報給兄弟，再調幾營來接應。今天因爲事情太急，所以先請老兄來此一談，隨后補了公事送過來。』胡華若連連答應，等中丞説完，接着回道：『職道的閱歷淺，恐怕辦不好，辜負大人的委任。况且手下辦事的人得力的也很少，現在想求大人賞派幾個人同去。』劉中丞道：『你要調誰，就叫誰去。』胡華若道：『大人這裏文案上的周令，職道曉得這人很有閱歷，從前在大營裏頓過；有了他去，職道各事就可靠托在他一人身上。』劉中丞道：『他吃的了嗎？』胡華若道：『這人職道很曉得的。』劉中丞道：『他能够吃的了，最好。好在我這裏没有甚麽大事情，就叫他跟了你去。還要誰？』胡華若又稟了一個候補同知，姓黄號仲皆；一個候補知縣，姓文號西山；連着周老爺一共是三個人。劉中丞統通答應，立刻就叫人傳三個人來見。三個之中，周老爺是在院上當差的，一傳就到。見面之后，劉中丞告訴他緣故，要他同去剿辦土匪。周老爺聽了，不免自己謙讓了兩句。后見胡華若在旁極力的恭維，説了些『久仰大才，這回的事一定要借重』的話。周老爺一見如此抬舉他，又想倘若得勝回來，倒是升官的捷徑。想到這裏，早已心花都開，便不由自主的答應了下來。胡華若自然歡喜。不多一會子，那兩個也都來了。中丞面諭他們，没有一個不去的。胡華若便先起身告辭。又叫他三位各人趕緊預備預備，今天夜裏就要動身，公事停刻補過來。三個人站起來答應着。劉中丞便送胡華若出來。一頭走，一頭問他：『三個人派什麽差使？』胡華若回道：『黄丞總辦糧臺；文令人甚精細，可以隨營差遣；周令閱歷最深，想委他總理營務。』劉中丞聽了無話。送到二門，一呵腰進去了。那周、黄、文三個不等中丞送客，趁空溜了出來，在外頭候着替統領站了一個班。胡華若吩咐他們趕緊收拾行李；應領薪水，各付三個月，立刻叫人送到。三個人聽了這話，又一齊請安稟謝，送過胡華若上轎不題。

且説周老爺回到文案上，衆同寅是早已得信的了，大伙兒過來道就大理紙好起身相辭。

胡華若立刻坐轎上院，走進官廳，手本剛才上去，裏頭已叫一聲「請見」。當下劉中丞同他講的就是鐵州府的事情，叫他連夜前去剿辦土匪。並說：「那裏的事情十分緊急。老兄帶了六個營頭先去。如果不夠調遣，趕緊打個電報給兄弟，再調幾營來接應。今天因為事情太急，所以先請老兄來此一談，隨后補了公事送過來。」胡華若連連答應，等中丞說完，接着回道：「職道的閱歷淺，恐怕辦不好，辜負大人的委任。況且辦事的人得力的也很少。現在想求大人賞派幾個人同去。」劉中丞道：「你要調誰，就叫誰去。」胡華若道：「大人這裏文案上的周令，職道曉得這人很有閱歷，從前在大營裏頓過；有了他去，職道各事就可靠托在他一人身上。」劉中丞道：「他吃的了嗎？」胡華若道：「這人職道很曉得的。」劉中丞道：「他能彀去的了，最好。好在我這裏沒有甚麼人事情，就叫他跟了你去。還要誰？」胡華若又稟了一個候補同知，姓黃號仲若；一個候補知縣，姓文號西山；連着周老爺一共是三個人。劉中丞統通答應，立刻就叫人傳三個人來見。三個之中，周老爺是在院上當差的，一傳就到。見面之後，劉中丞告訴他緣故，要他同去剿辦土匪。周老爺聽了，不免自己謙讓了兩句。后見胡華若在旁極力的保舉，說了「人才大才，這回的事一定要借重」的話。周老爺一見如此推舉他，又想倚着得勝回來，倒是升官的捷徑，想到這裏，早已心花都開，便不由自主的答應了下來。胡華若自然歡喜。不多一會子，那兩個也都來了。中丞面諭他們，沒有一個不去的。胡華若便先起身告辭，又叫他三位各人趕緊預備預備，今天夜裏就要動身，公事停刻補過來。三個人站起來答應着。劉中丞便送胡華若出來，一頭走，一頭問他：「三個人派什麼差使？」胡華若回道：「黃丞總辦糧臺；文令人甚精細，可以隨營差遣；周令閱歷最深，想委他總理營務。」劉中丞聽了無話，送到二門，[illegible][illegible]進去了。那周、黃、文三個不等中丞送客，老早溜了出來，在外頭候着替統領站了一個班。胡華若吩咐他們趕緊收拾行李，隨領薪水，各支三個月，立刻叫人送到。三個人聽了這話，又一齊請安稟謝，送過胡華若上轎，不題。

且說周老爺回到文案上，衆同寅是早已得信的了，大伙兒過來道喜，齊说：『上馬殺賊，乃是千載罕逢之機會。班生此去，何异登仙！指日紅旗報捷，甚麼司馬、黄堂，都是指顧間事。那時扶摇直上，便與弟輩分隔雲泥，真令人又羡又妒！』周老爺道：『此仍中丞的栽培，統領的抬舉，與各位老同寅的見愛。此去但能不負期望，僥倖成功，便是莫大幸事，何敢多存妄想。』衆人道：『说那裏話來！』正在那裏謙讓的時候，忽然戴大理走過來，拿他一把袖子，拖到隔壁一間堆公事的屋裏，说道：『我有一句話關照你。』周老爺道：『極蒙指教！但不知是甚麼事情？』戴大理道：『就是禀請你的那位胡統領他這人同兄弟不但同鄉，而且同年，從前又同過事。雖说他已經過了道班，兄弟却與他很熟，極知道他的脾氣。老哥現在跟了他去，所以兄弟特地關照一聲，所謂知無不言，方合了我們做朋友的道理。』周老爺道：『老前輩如有關照，實在感激得很！』戴大理道：『客氣。這位胡統領最是小膽，凡百事情，優柔寡斷。你在他手下辦事，衹可以獨斷獨行，倘若都要請教過他再做，那是一百年也不會成功的。而且軍情一息萬變，不是可以挨時挨刻的事。你切記我的说話，到那時候該剿者剿，該撫者撫；他雖然是個統領，既然大權交代與你，你就得便宜行事，所謂，「將在外，君命有所不受」。你能如此，他格外敬重你，说你能辦事；倘或事事讓他，他一定拿你看得半文不值。我同他頓在一塊兒這許多年，還有什麼不知道的。』周老爺聽了他的言語，果真感激的了不得，而且是心上發出來的感激，並不是嘴裏空談。

當下兩個人又談了一會别的。周老爺趕着回家，收拾行李。未到天黑，胡華若派人把公事送到，又送了三個月的薪水：因爲出兵打仗，格外從豐，每月共總二百兩銀子，三個月是六百兩。周老爺開銷過來人。收拾好行李，一直挑到候潮門外江頭下船。那黄、文二位亦剛剛才到。又等了一會子，方見胡統領打着燈籠火把，一路蜂涌而來，到了船上，一同會着。胡華若吩咐立刻開船。船家回道：『現在夜裏不好走，就是開了船，也走不上多少路。不如等到下半夜月亮上來，潮水來的時候，趁着潮水的勢頭，一穿就是多遠，走的又快，夥計們又省力，豈不兩得其便？』船頭上的差官進來把這話回過，胡華若無甚说得，差官退了出去。

原來這錢塘江裏有一種大船，專門承值差使的，其名叫做『江山船』。這船上的女兒、媳婦，一個個都擦脂抹粉，插花帶朵。平時無事的時候，天天坐在船頭上，勾引那些王孫公子上船玩耍；一旦有了差使，他們都在艙裏伺候。他們船上有個口號，把這些女人叫作『招牌主』：無非説是一扇活招牌，可以招徠主顧的意思。這一種船是從來單裝差使，不裝貨的。還有一種可以裝得貨的，不過艙深些，至艙面上的規矩，仍同『江山船』一樣，其名亦叫『茭白船』。除此之外，祇有兩頭通的『義烏船』。這『義烏船』也搭客人也裝貨，不過没有女人伺候罷了。此時胡統領手下的兵丁坐的全是『炮劃子』。因爲他自己貪舒服，所以特地叫縣裏替他封了一隻『江山船』。縣裏要好，知道他還有隨員、師爺，一隻船不够，又封了兩隻『茭白船』。當下胡統領坐的是『江山船』；周、黄、文三位隨員老爺，還有胡統領兩位老夫子，一共五個人，分坐了兩隻『茭白船』。有人説起這『江山船』名字又叫做『九姓漁船』。祇因前朝朱洪武得了天下，把陳友諒一幫人的家小統通貶在船上，猶如官妓一般；所以現在船上的人還是陳友諒一幫人的子孫，别人是不能冒充的。

閑話休題。且説當日胡華若上了『江山船』，各隨員回避之後，便有船上的『招牌主』上來，孝敬了一碗燕菜。胡統領是久在江頭玩耍慣的，上船之后，横竪用的是皇上家的錢，樂得任意開銷，一應規矩，應有盡有，倒也不必表他。却説三位隨員，兩位幕賓，分坐了兩隻『茭白船』。五人之中，黄仲皆黄老爺是有家眷，一直在杭州的。一位老夫子姓王，表字仲循，是上了年紀的人；而且鴉片癮又來得大，一天吃到晚，一夜吃到天亮，還不過癮，那裏再有工夫去嫖呢。所以這兩個須提開，不必去算。下餘的三個人：第一個文西山文老爺是旗人，年紀又輕，臉蛋兒又標緻；穿兩件衣裳，又乾净，又峭僻。不要説女人見了歡喜，就是男人見了也捨他不得。因爲他排行第七，大家都尊他爲文七爺。還有一個老夫子，姓趙。他的號本來叫做補蓼，後來被人家叫渾了，竟變成『不了』兩字。年紀也祇有二十來歲，抛撇了家小，離鄉背井，二千多裏來就這個館，真真合了一句話，『三年不見女人面，見了水牛也覺得彎眉細眼。』這趙不了確實實在在有此情景。末了説原來這種江裏有一種大船，專門承值差使的，其名叫做「江山船」。這船上的女兒、媳婦，一個個都擦脂抹粉，插花帶朵，平時無事的時候，天天坐在船頭上，勾引那些王孫公子上船玩耍；一旦有了差使，他們都在艙裏伺候。他們船上有個口號，把這些女人叫作「招牌主」：無非說是一塊活招牌，可以招徠主顧的意思。這一種船是從來單裝差使，不裝貨的。還有一種可以裝得貨的，不過艙深些，至於面上的規矩，仍同「江山船」一樣，其名亦叫「茭白船」。除此之外，祇有兩頭通的「義烏船」。這「義烏船」也搭客人也裝貨，不過沒有女人伺候罷了。此時胡統領手下的兵丁坐的全是「炮船」。因為他自己貪舒服，所以特地叫縣裏替他封了一隻「江山船」。縣裏要好，知道他還有隨員、師爺，一隻船不夠，又封了兩隻「茭白船」。當下胡統領坐的是「江山船」；周、黃、文三位隨員合坐一隻；還有胡統領兩位老夫子，一共五個人，分坐了兩隻「茭白船」。有人說起這「江山船」名字又叫做「九姓漁船」。祇因前朝朱洪武得了天下，把陳友諒一黨人的家小統通貶在船上，猶如官妓一般；所以現在船上的人還是陳友諒一家人的子孫，別人是不能冒充的。

閑話休題。且說當日胡華若上了「江山船」，各隨員回避之後，便有船上的「招牌主」上來，孝敬了一碗燕菜。胡統領是久在江頭玩耍慣的，上船之後，橫豎用的是皇上家的錢，樂得任意揮霍，一應規矩應有盡有，倒也不必表他。卻說三位隨員，兩位幕賓，分坐了兩隻「茭白船」。五人之中，黃仲荅黃老爺是有家眷，一直在杭州的。一位老夫子姓王，表字仲循，是上了年紀的人，而且馬汗瀛又來得大，一天吃到晚，一夜吃到大亮，還不過癮，那裏再有工夫去應酬呢。所以這兩個須提開，不必去算。下餘的三個人：第一個文西山文老爺是旗人，年紀又輕，臉蛋兒又標致，穿兩件衣裳，又乾淨，又鮮豔。不要說女人見了歡喜，就是男人見了也捨他不得。因為他排行第七，大家都尊他為「文七爺」。還有一個老夫子，姓趙，他的號本來叫做「補蓼」，後來被人家叫渾了，竟變成一「不了」兩字。年紀也祇有二十來歲，撇了家小，離鄉背井，一千多里來就這個館，真真合了一句話，「三年不見女人面，見了水牛也覺得雙眉細眼。」這話雖不了，確實實在在有此情景。末了說到周老爺。他這人上回已經表過，業已知其大略。他的爲人，却合了新學家所说的『騎墻黨』一派：遇見正經人，他便正經；碰着了好玩的朋友，他便叫局吃酒，樣樣都來。外面極其圓通，所以人人都歡喜他。但有一件毛病，乃先天帶了來，一世也不會改的，是把銅錢看的太重，除掉送給女人之外，一錢不落虛空地。臨走的時候，胡華若送他三百銀子，他分文不曾帶上船，一齊托朋友替他放在外頭，預備將來收利錢用。他的意思，這回跟着出門打土匪，少不得胡統領總要派兩個營頭給他帶；有兵就有餉，有餉就好由我克扣。倘或短了一千、八百，還可以向胡統領硬借。戴大理说他吃硬不吃軟，他們是熟人，说的話一定是不會錯的。

此刻單表文、趙二位，他倆齊巧頓在一隻船上。文七爺早已存心，未曾上船之前，已經吩咐水手，把他這隻船開的遠遠的，不要同統領的船緊靠隔壁。船上人會意，知道接到了大財神了。等到一上船，齊巧這船上有個『招牌主』叫做玉仙，是文七爺叫過局的，此刻碰見了熟人，格外要好。文七爺從統領船上回話回來，玉仙忙過來替他接帽子，解帶子，換衣服，脱靴子，連管家都不要用了。跟手玉仙又親自端着燕窩湯，叫文七爺就着他手裏喝湯。兩個人手拉手兒，一並排坐在炕沿上。趙不了見了眼熱，心上想：『到底這些勢利，見了做官的就巴結。』正在盤算的時候，不隄防一個人，也拿了一個蓋碗往他面前一放，把他嚇了一跳。定睛看時，不是别人，却是玉仙的妹妹，名字叫蘭仙的，亦端了一碗燕菜湯給他。你道爲何？原來這船上的人起先看見他穿的樸素，不及文七爺穿的體面，還當他是底下人。後來文七爺的管家到後頭衝水说起來，船家才曉得他是總領大人的師爺，所以連忙補了碗燕窩湯。但是罐子裏的燕窩早都倒給文七爺了，剩得一點燕窩滓了。船家正在躊躇，衝水的二爺道：『衝上些開水，再加點白糖，不就結了嗎。』一言提醒了船家，如法泡製，叫蘭仙端了進去。趙不了一見，直把他喜的了不得。又幸虧他生平没有吃過燕菜，如今吃得甜蜜蜜的，又加蘭仙朝着他擠眉弄眼，弄得他魂不附體，那裏還辨得出是燕菜是糖水。

列位看官：你可曉得文七爺的嫖是有錢的闊嫖；——前頭書上说的

陶子堯的嫖，是賺了錢才去嫖的，也要算得闊嫖。——單是這位趙不了，他一個做朋友的人，此番跟了東家出門，不過賺上十兩八兩銀子的薪水，那裏來的錢能供他嫖呢。所以他這嫖，祇好算是窮嫖。把話說清，列位便知這篇文字不是重復文章了。

閑話休題。且說趙不了當時把碗糖湯吃完，一口也不剩。喫完之後，也不睡覺，便同蘭仙兩個人盡着在艙裏胡吵。此時文七爺却同玉仙靜悄悄的在耳房裏，一點聲息也聽不見。一直等到下半夜，齊說潮水來了。船上的夥計一齊站在船頭上候着。祇聽老遠的同鑼鼓聲音一般，由遠而近，聲音亦漸漸的大了；及至到了跟前，竟像千軍萬馬一樣，一衝衝了過來。一個回身，把船頭頓了兩頓。夥計們用篙把船頭一撥就轉，趁着潮水，一穿多遠，已經離開江頭十幾里了。其時大衆都被潮水驚醒。不多一刻，天已大亮，船家照例行船。文七爺已經起來的了，看看天色尚早，依舊到耳房裏去睡；玉仙仍舊跟着進去伺候。起先還聽見文七爺同玉仙說話的聲音，後來也不聽見了。趙不了自從同蘭仙鬼混了半夜，等到開船之后，蘭仙却被船家叫到後稍頭去睡覺，一直不曾出來。中艙祇剩得趙不了一個，舉目無親，好不凄涼可慘。一回想到玉仙待文七爺的情形，一回又想到蘭仙的模樣兒，真正心上好像有十五個吊桶一般，七上八下。

到了次日停船之后，文七爺照例替玉仙擺了一桌八大八小的飯，請的客便是兩船上幾個同事，祇是没有請統領。王、黃二位没有叫陪花，周老爺也想不叫。文七爺說：『你不帶局，太冷清了。』周老爺無法，便帶了他坐船上一個小『招牌主』，名字叫招弟的。趙不了不用說，剛才入座，蘭仙已經跟在身後坐下了。文七爺還嫌冷清，又偷偷的叫人把統領船上的兩個『招牌主』一齊叫了來，坐在身旁。等到大碗小碗一齊上齊，通桌的陪花，從主人起，五啊六啊，每人豁了一個通關。把拳豁完，便是玉仙抱着琵琶，唱了一支『先帝爺』。文七爺自己點鼓板。玉仙唱完，蘭仙接着唱了一支小調。一面唱，一面同趙不了做眉眼。趙不了不時回頭去看他，又被人家看出來，一齊喝采。文七爺吵着要趙不了替他擺飯。趙不了算算自己腰包裏的錢，祇够擺酒，不够擺飯，便一口咬定不肯擺飯。蘭仙拗他不過，祇得替他交代了一臺酒。

文七爺曉得趙不了還要翻檯，便催着上飯。吃過之後，撤去殘席。黄、王二位要過船過癮，趙不了不放，說：『我是難得擺酒的，怎麽二位就不賞臉？』王、黄二位無奈，衹得就在這邊船上過癮。『江山船』上的規矩，擺飯是八塊洋錢，便飯六塊，擺酒衹要四塊。趙不了搭連袋裏衹剩得三塊洋錢，八個角子，還有十幾個銅錢。趁空向他同事王仲循借了三個角子，一共十一個角子，又同文七爺管家掉到一塊大洋錢。錢換停當，席面已經擺好了。趙不了坐了主位，好不興頭。黄、王二位還是不叫陪花。周老爺依舊叫的是招弟。因爲招弟年紀衹有十一歲，一上船時，船家老闆奶奶就同周老爺説過：『衹要老爺肯照顧，多少請老爺賞賜，斷乎不敢計較。』所以周老爺打了這個算盤，認定主意，一直叫他。文七爺是不用説，自家一個玉仙，還有統領船上的兩個『招牌主』，一共三個。文七爺擺飯的時候，聽説統領大人正在船上打磕銃，所以敢把他船上的『招牌主』叫了來。起先原關照過的，等到統領一醒，叫他們來知會，姊妹兩個分一個過去伺候大人，免得大人寂寞。誰知胡統領這個磕銃竟打了三個鐘頭，方才睡醒。這邊文七爺連吃兩臺，酒落歡腸，不知不覺寬飲了幾杯，竟其大有醉意。等到統領船上的人前來關照説『大人已醒』，叫他姊妹們過去一個，誰知被文七爺扣牢不放。

原來統領船上的『招牌主』是姊妹兩個：姊姊叫龍珠，現在十八歲；妹妹叫鳳珠，現在十六歲。他二人長的一個是沉魚落雁之容，一個是閉月羞花之貌，真正數一數二的人才。凡有官場來往，都指定要他家的船。其實胡統領同龍珠的交情，也非尋常泛泛可比。首縣大老爺會走心境，所以在江頭就替他封了這衹船。胡統領上船之后，要茶要水，全是龍珠一人承值；龍珠偶然有事，便是鳳珠替代。因爲鳳珠也是十六歲的人了，胡統領早存了個得隴望蜀的心思，想慢慢施展他一箭雙雕的手段。所以姊妹兩個，都是他心坎上的人，除掉打盹之外，總得有一個常在跟前。

這回一覺醒來，不見他姊妹的影子；叫了兩聲，也没人答應。一個人起來坐了一回，又背着手踱來踱去，走了兩趟，心内好不耐煩。側着耳朵一聽，恍惚老遠的有豁拳的聲音。又聽了一聽，有個大嗓在

那裏唱京調，唱的是『烏龍院』，剛唱到『我爲你蓋了烏龍院，我爲你化了許多銀』兩句，一時辨不出誰的聲音。又側耳一聽，忽然一陣笑聲，却是龍珠，不是別人。胡統領滿腹狐疑，到底是誰在那裏唱呢？又聽那船上唱道：『舉手掄拳將爾打。』唱完此句，大衆一齊喝采，這裏頭却明明白白夾着趙不了的聲音。胡統領至此方才大悟，剛才唱的不是別人，一定文七爺，不由怒從心上起，火向耳邊生，把桌子上一隻茶碗，豁瑯一聲，向地下摔了個粉碎。又停了半晌，還没有人過來。原來這邊大船上的人，什麽老闆、夥計，連着大人的跟班、差官，一齊都趕到那邊船上去瞧熱鬧，這邊却未剩得一人。胡統領此時大發雷霆，真按捺不住了，順手取過一張椅子，從船窗洞裏丟了出來。幸虧隔壁船上聽見響動，趕出來一看，才曉得統領動氣。他們船幫裏，本是互相關照的，趕忙跑到文七爺船上，如此這般，説了一遍。大家都嚇昏了。趙不了平時畏東家如虎，一聽此信，忙着叫撤臺面。無奈文七爺多吃了幾杯，便嚷着説：『我是不受他節制的。他們當統領的好玩，難道我們當隨員的不好玩麽。』一面説，一面伸着兩隻手把龍珠姊妹

兩個的衣裳按住。後來被龍珠説了多少好話，把鳳珠留下，才算放他。文七爺還發脾氣，説龍珠是統領心上的人，『你們這些爛婊子，祇知道巴結大人，把我們不放在眼裏！』

龍珠也不敢回嘴，急忙忙趕回自己船上。祇見統領大人面孔已發青了。一個船老闆，三四個夥計，跪在地下磕響頭。胡統領罵了船家，又問：『這裏是那一縣該管？』吩咐差官：『拿片子，把這些混帳王八蛋一齊送到縣裏去！』此時龍珠過來，巴結又不好，分辯又不好。他們在文七爺船上做的事，及文七爺醉後之言，又全被統領聽在耳朵裏，所以又是氣，又是醋，並在一處，一發而不可收拾。後來幸虧一個伶俐差官見此事没有收場，於是心生一計，跑了進來，幫着統領把船家踢了幾脚，嘴裏説道：『有話到縣裏講去，大人没有工夫同你們嚕蘇。』説着，便把一干人帶到船頭上，好讓龍珠一個人在艙裏伺候大人，慢慢的替大人消氣。起先胡統領板着面孔不去理他；禁不住龍珠媚言柔語，大人也就軟了下來。大人躺在烟鋪上喫烟，龍珠在一旁燒烟。統領便問起他來：『怎麽在那船上同文老爺要好，一直不過來？

想是討厭我老鬍子不如文老爺長得標緻？既然如此，我也不要你裝烟了。』龍珠聞言，忙忙的分辯道：『他們船上的「招牌主」叫我去玩，所以誤了大人的差使，並没有看見姓文的影子。』胡統領道：『你不要賴。都被我聽見了，還想賴呢。』一面同龍珠说話，又勾起剛才吃醋的心，把文老爺恨如切骨，還说：『是甚麽時候，當的甚麽差使，他們竟其一味的吃酒作樂，這還了得！』祇因這一番，胡統領同文老爺竟因龍珠生出無數的風波來，連周老爺、趙不了統通有分在內。要知端的，且聽續編分解。

第十三回 聽申飭隨員忍氣 受委屈妓女輕生

上回書所说的胡統領，因爲争奪『江山船』妓女龍珠，同隨員文老爺吃醋。當下胡統領足足問了龍珠半夜的話，盤來盤去，問他同文老爺認得了幾年，有無深交。龍珠一口咬定：非但吃酒叫局的事從來没有，並且連文老爺是個胖子、瘦子，高個、矮個，全然不知，全然不曉。胡統領見他賴得净光，格外動了疑心，不但怪文老爺不該割我上司的靴腰子，並怪龍珠不該不念我往日之情，私底下同别人要好。『不要说别的，就是拿官而論，我是道臺，他是知縣，他要爬到我的分上，祇怕也就煩難。可恨這賤人不識高低，祇揀着好臉蛋兒的去趕着巴結。』一面想，一面把他恨的牙癢癢。又想：『這件事須得明天發落一番，要他們曉得這些老爺是不中用的，總不能挑過我的頭去。』主意打定，這夜竟不要龍珠伺候，逼他出去，獨自一個冷冷清清的躺下，却是翻來復去，一直不曾合眼。龍珠見大人動了真氣，不要他伺候，恐怕船上老鴇婆曉得之後要打他罵他，急的在中艙坐着哭：既不敢到大人耳艙裏去，又不敢到後梢頭睡。有時想到自己的苦處，不由自言自語的

说道：『這碗飯真正不是人吃的！寧可剃掉頭髮當姑子；不然，跳下河去尋個死，也不吃這碗飯了！』到了五更頭，船家照例一早起來開船。恍惚聽得大人起來，自己倒茶吃。龍珠趕着進艙伺候。胡統領不要他動手，自己喝了半杯茶，重新躺下。龍珠坐在床前一張小凳子上，胡統領既不理他，他也不敢去睡。

一等等到九點多鐘，到了一個甚麼鎮市上，船家攏船上岸買菜。那兩船上的隨員老爺都起來了。文老爺昨日雖然吃醉，因被管家唤醒，也衹好挣扎起來，隨了大衆過來請安。想起昨夜的事情，自己也覺得臉上很難爲情。走進統領中艙一看，幸喜統領大人還未升帳，已經聽得咳嗽之聲，知道離着起身已不遠了。等了一刻，管家進去打洗臉水，拿漱口盂子、牙刷、牙粉，拿了這樣，又缺那樣。龍珠也忙着張羅，但没聽見統領同龍珠说話的聲音。統領有個毛病，清晨起來，一定要出一個早恭的，急嗓子喊了一聲『來』，三四個管家一齊趕了進去。又接着聽見吩咐了一句『拿馬桶』，衹見一個黑蒼蒼的臉，當慣這差使的一個二爺，奔到後艙，拎了馬子到耳艙裏去。别的管家一齊退出，龍珠也跟了出來。人家都認得這拎馬桶的二爺，是每逢大人出門，他一定要穿着外套，騎着馬，雄赳赳氣昂昂，跟在轎子後頭的；大人回了公館，他便卸了裝，把脚一蹺，坐在門房裏。有些小老爺們來禀見，人家見了他，二太爺長，二太爺短，他還愛理不理的。此時却在這裏替大人拎馬桶：真正人不可以貌相了。

且说龍珠走進中艙之后，别人還不關心，衹有文七爺的眼尖，頭一個先望見。陡見龍珠兩隻眼睛哭的腫腫的，不覺心上畢拍一跳，想不出甚麼道理來。還疑心昨天自己在臺面上衝撞了他，給了他没臉，叫他受了委屈；『此乃是我醉後之事，他也不好同我作仇，就哭到這步田地？又論不定他把我駡他的話竟來哭訴了統領，所以剛才統領的聲氣不大好聽；但是龍珠這人何等聰明，何至於呆到如此？他究竟爲了甚麼事情，哭得眼睛都腫了？真正令人難解。』意思想趕上前去問他，『周、黄二位同寅是不要緊；倘若被統領聽見了，豈不要格外疑心？却也作怪，可恨這丫頭自從耳房裏出來，非但不同我答腔，眼皮也不朝我望一望，其中必有緣故。』

正想到這裏，又聽得耳艙裏統領又喊得一聲『來』。衹見前頭那個拎慣馬桶的二爺，推門進去，霎時右手拎着馬桶出來，却拿左手掩着鼻子。大家都看着好笑，又聽得統領罵一個小跟班的，説他也偷懶不進來裝水烟。小跟班的道：『不是一上船，老爺就吩咐過的嗎：不奉呼喚，不許進艙。小的怎麼敢進來！』統領道：『放你媽的狗臭大驢屁！我不叫你，你就不該應進來伺候嗎？好個大膽的王八蛋，你仗着誰的勢，敢同我來鬥嘴？我曉得你們這些没良心的混帳王八羔子，我好意帶了你們出來，就要作怪，背了我好去吃酒作樂，嫖女人，唱曲子。那椿事情能瞞得過我？你們當我老爺糊塗；老爺並不糊塗，也没有睡覺，我樣樣事情都知道，還來矇我呢。我此番出來，是替皇上家打土匪的，並不是出來玩的。你們不要發昏！』統領這番罵跟班的話，别人聽了都不在意，文七爺聽了倒着實有點難過，心想：『統領罵的是那一個？很象指的是自己，難道昨夜的事情發作了嗎？』一個人肚裏尋思，一陣陣臉上紅出來，止不住心上十五個吊桶，七上八落。等了一會子，聽見裏面水烟袋響。小跟班的裝完了烟，撅着嘴走到外艙。見了各位老爺，面子上落不下去，衹聽他嘰哩咕嚕的説道：『皇上家要你這樣的官來打土匪，還不是來替皇上家造百姓的。這樣龍珠，那樣龍珠，得了龍珠，還想着我們嗎？』一頭説，一頭走到後艙去了。大家都聽了好笑。

隨後方見龍珠進去，幫着替大人換衣裳，打腰折，扎扮停當，咳嗽一聲，大人踱了出來。衆人上前請安相見。胡統領見面之下，甚麼『天氣很好』，『船走的不慢』，隨口敷衍了兩句，一句正經話亦没有。倒是周老爺國事關心，問了一聲：『大人得嚴州的信息没有？』統領聽了一驚，回説：『没有。老哥可聽見有甚麼緊信？』周老爺道：『的確的消息也没有，不過他們船幫裏傳來的話。』胡統領戰戰兢兢的道：『阿彌陀佛！總要望他好才好！』周老爺道：『聽説土匪雖有，並不怎麼十二分利害，而且槍炮不靈，衹等大兵一到，就可指日平定的。』胡統領頓時又揚揚得意道：『本來這些吆麽小醜，算不得什麽。連土匪都打不下，還算得人嗎？但是兄弟有一句過慮的話：兄弟在省裏的時候，常常聽見中丞説起，浙東的吏治，比起那浙西來更其不如。「這正想到這裏，又聽得耳邊裏絡續又喊得一聲「來」。祇見前頭那個拎慣馬桶的二爺，推門進去，霎時右手拎着馬桶出來，卻拿左手掩着鼻子。大家都看着好笑，又聽得統領罵一個小跟班的，說他也偷懶不進來裝水煙。小跟班的道：「不是一上船，老爺就吩咐過的嗎：不奉呼喚，不許進艙。小的怎麼敢進來！」統領道：「放你媽的狗臭大屁！我不叫你，你就不該進來伺候嗎？好個大膽的王八蛋，你仗着誰的勢，敢同我來鬥嘴？我曉得你們這些沒良心的混帳王八羔子。我好意帶了你們出來，就要作怪，許了我好人吃酒作樂，嫖女人，唱曲了。那樁事情能瞞得過我？你們當我老爺糊塗：老爺並不糊塗，也沒有睡覺，我這樣事情都知道，還來騙我呢。我此番出來，是替皇上家打土匪的，並不是出來玩的。你們不要發昏！」統領這番罵跟班的話，別人聽了都不在意，文七爺聽了個着實有點難過，心想：「統領罵的是那一個？很像指的是自己，難道這件沒的事情發作了嗎？」一個人艙裏尋思，一陣陣臉上紅出來，止不住心上十五個吊桶，七上八落。等了一會子，纔見裏面水煙袋響，小跟班的裝完了煙，躡着腳走到外艙，見了各位老爺，面子上落不下去。祇聽他嘰哩咕嚕的說道：「皇上來要你這樣的官來打土匪，還不是來替皇上家造百姓的。這樣龍珠，那樣龍珠，得了龍珠，還記着我們嗎？」一頭說，一頭走到後艙去了。

大家都聽了好笑。

隨後方見龍珠進去，緊着替大人換衣裳，打臉水，扎扮停當，然嗽一聲，大人跳了出來。衆人上前請安相見。胡統領見面之下，甚麼「大氣很好」，「一船走的不慢」，隨口敷衍了兩句，一句正經話亦沒有。倒是周老爺國事關心，問了一聲：「大人得嚴重的信息沒有？」統領聽了一驚，回說：「沒有。老爺可聽見有什麼緊信？」周老爺道：「的確的消息也沒有，不過他們胡謅謊傳來的話。」胡統領戰戰兢兢的道：「阿彌陀佛！這再要他好不好！」周老爺道：「聽說土匪雖有，並不怎麼十二分利害，而且簡直不靈，祇等大兵一到，就可指日平定的。」胡統領頓時又揚揚得意道：「本來這股小醜，算不得什麼。連土匪都打不了，這還得人嗎？但是兄弟有一句過慮的話：兄弟在省裏的時候，常常聽見中丞說起，浙東的吏治，比起那浙西來更其不如。「這句話怎麼講呢？衹因浙東有了『江山船』，所有的官員大半被這船上女人迷住，所以辦起公事來格外糊塗。照着大清律例，狎妓飲酒就該革職，叫兄弟一時也參不了許多。總得諸位老兄替兄弟當點心，隨時勸戒勸戒他們。倘若鬧點事情出來，或者辦錯了公事，那時候白簡無情，豈不枉送了前程，還要惹人家笑話？」中丞的話如此説法，但是兄弟不能不把這話轉述一番。」説完，不住的拿眼睛瞧文老爺。衹見文老爺坐在那裏，臉上紅一陣，白一陣，很覺得局促不安。就是黄老爺、周老爺，曉得統領這話不是説的自己，但是昨天都同在臺面上，不免總有點虚心，静悄悄的一聲也不敢言語。胡統領停了一會，見大家都没有話説，衹好端茶送客。他三位走到船頭上，一字兒站齊，等統領走出艙門，朝他們把腰一呵，仍舊縮了進去，然后三個人自回本船。

三人之中，别人猶可，衹有文七爺見了統領，聽了隔壁閑話，知道統領是指桑駡槐，已經受了一肚皮的氣；剛才統領出來，又一直没有睬他，因此更把他氣的了不得。回到自己船上没有地方出氣，齊巧一個貼身的小二爺，一向是寸步不離的，這會子因見主人到大船上稟見統領，約摸一時不得回來，他就跟了船家到岸上玩耍去了。誰知文七爺回來，叫他不到，生氣駡船家。幸虧玉仙出來張羅了半天，方才把氣平下。一霎小二爺回來了，文七爺不免把他叫上來教訓幾句。偏偏這小二爺不服教訓，撅着張嘴，在中艙裏嘰哩咕嚕的説閑話，齊巧又被文七爺聽見。本來不動氣的了，因此又動了氣，駡小二爺道：『我老爺到省才幾年，倒抓過五回印把子，甚麼好缺都做過，甚麼好差都當過，就是參了官不準我做，也未必就會把我餓死。現在看了上司的臉嘴還不算，還要看奴才的臉嘴！我老爺也太好説話了！』駡着，就立刻逼他打鋪蓋，叫他搭船回省去。别位二爺齊來勸這小二爺道：『老爺待你是與我們不同的，你怎麼好撇了他走呢？我們帶你到老爺跟前下個禮，服個軟，把氣一平，就無話説了。』小二爺道：『他要我，他自然要來找我的；我不去！』説着，躲在後梢頭去了。這裏文七爺動了半天的氣，好容易又被玉仙勸住。

如是曉行夜泊，已非一日。有天傍晚，剛正靠定了船，問了問，到嚴州衹有幾十里路了。下來的人都説：『没有甚麼土匪。有天半夜

裏，不曉得那裏來的强盗，明火執仗，一連搶了兩家當鋪，一家錢莊，因此閉了城門，挨家搜捕。』其實閉了一天一夜的城，一個小毛賊也没有捉到，倒生出無數謡言。官府愈覺害怕，他們謡言愈覺造得凶。還说甚麽『這回搶當鋪、錢莊的人，並不是甚麽尋常小强盗，是城外一座山裏的大王出來借糧的，所以祇搶東西不傷人。這大王現在有了糧草，不久就要起事了。』地方文武官聽了這個謡報，居然信以爲真，雪片文書到省告急。所以省裏大憲特地派了防營統領胡大人，率領大小三軍，隨帶員弁前來剿捕。

從杭州到嚴州，不過祇有兩天多路，倒被這些『江山船』、『茭白船』，一走走了五六天還没有到。雖说是水淺沙漲，行走煩難；究竟這兩程還有潮水，無論如何，總不會耽擱至如許之久。其中恰有一個緣故：祇因這幾隻船上的『招牌主』，一個個都抓住了好户頭，多在路上走一天，多擺臺把酒，他們就多尋兩個錢。倘若早到地頭一天，少在船上住一夜，他們就少賺兩個錢。如今頭一個胡統領就不用说，龍珠本是舊交；雖不便公然擺酒，他早同王師爺等说過：『等我們得勝回來，原坐這隻船進省。那時候必須脱略一切，免去儀注，與諸公痛飲一番。』這幾天龍珠身上，明的雖没有，暗底下早已五六百用去了。第二個文七爺，比統領還闊：他這趟出來，却是從家裏帶錢來用，並不是克扣軍餉。一賞玉仙就是一對金鐲子；開開箱子，就是四匹衣料；連着趙不了趙師爺的新相好蘭仙，趙不了還没有給他什麽，文七爺看了他姊姊分上，也順手給了他兩件。這種闊老，怎麽叫人不巴結呢。第三個是蘭仙同趙不了要好。雖然趙不了拿不出甚麽，總得想他兩個；做妓女的人，好歹總没有脱空的。第四個周老爺，他這船上一位王師爺，一位黄老爺，都是絶欲多年的，剩得個周老爺。碰着喫酒，他却總帶招弟，一直不曾跳過槽。小雖小，也是生意。還有大人跟前的幾位大爺、二爺同着營官老爺，晚上停了船，同到後梢頭坐坐，呼兩筒鴉片烟，還要摸索摸索。大爺、二爺白叨了光，營官老爺有回把不免破費幾塊。他們有這些生意，就是有水可以走快，也决計不走快了。往往白天走了七十里，晚上一定要退回三十里。所以兩天多的路程，走了六天還不曾走到。

單説趙不了自從上船蘭仙送燕菜給他吃過之后，兩個人就從此要好起來。趙不了又擺了一臺酒，替他做了一箇面子。又把褲腰帶上常常挂着的，祖傳下來的一塊漢玉件頭解了下來，送給蘭仙。蘭仙嫌他像塊石頭似的，不要；趙不了衹得自己拿回，仍舊拴在褲腰帶上。一時面子上落不下，就説：『現在路上没有好東西給你。將來回省之後，一定打付金鐲子送你，幾百塊錢算不了甚麽。』『江山船』上的女人眼眶子淺，聽了他話，當他是真正好户頭了，就是一天不曉得蘭仙給了他些什麽利益，害得他越發五體投地，竟把蘭仙當作了生平第一個知己，就是他自己的家小還要打第二。蘭仙問他要五十塊洋錢，他自己没有；這幾天看見文七爺用的錢像水淌，曉得他有錢，想問他借，怕他見笑。後來被蘭仙催不過了，衹好硬硬頭皮，老老臉皮，同文七爺商量。不料文七爺一口答應，立刻開開枕箱，取出一封一百洋錢，分了一半給他。趙不了看着眼熱，心上懊悔，説道：『早知如此，應該向他借一百，也是一借；如今衹有五十，統通被蘭仙拿了去，我還是没有。』一面想的時候，文七爺早把那剩下的五十塊洋錢包好，仍舊鎖入枕箱去了。趙不了不好再説别的，謝了一聲，兩隻手捧了出來。不到一刻工夫，已經到了蘭仙手裏了。

這日飯后，太陽還很高的，船家已經攏了船，問了問，到嚴州衹有十里路了。問他『爲甚麽不走』，回道：『大船上統領吩咐過：「明天交立冬節，今天是個四離四絶的日子。這趟出門是出兵打仗，是要取個吉利的。」所以吩咐今日停船。明天飯後，等到未正二刻，交過了節氣，然后動身，一直頂碼頭。』别人聽了還可，衹有一個趙不了喜歡的了不得。因爲在船上同蘭仙熱鬧慣了，一時一刻也拆不開，恐怕早到碼頭一天，他二人早分離一天。如今得了這個信，先趕進艙來告訴文七爺。文七爺知道他腰包裏有了五十塊洋錢了，便敲他喫酒。趙不了楞了一楞。蘭仙已經替他交代下去了，還説：『明天上了岸，大人們一齊要高升了，一杯送行酒是萬不可少的。』文七爺自從那天聽了統領的説話，一直也没有再到統領坐船上稟安，心上想：「橫竪事已如此，也不想他甚麽好處，我且樂我的再説。」跟手又吩咐玉仙：『今天晚上趙師爺的酒吃過之後，再替我預備一桌飯。』玉仙答應着。

原來趙不了自從上番蘭仙送燕菜給他吃過之后，兩個人就從此要好起來。趙不了又擺了一臺酒，替他做了一個面子，又把褲腰帶上常常掛着的，祖傳下來的一塊漢玉件頭解了下來，送給蘭仙。蘭仙嫌他樣兒古董似的，不要；趙不了祇得自己拿回，仍舊拴在褲腰帶上。一時面子上落不下，就說：「現在路上沒有好東西給你，將來回省之後，一定打付金鐲子送你。」幾百塊錢算不了甚麼。——江山船上的女人眼眶子淺，聽了他話，當他是真正好戶頭了，就是一天不曉得蘭仙給了他些什麼利益，害得他越發五體投地，竟把蘭仙當作了生平第一個知己，就是他自己的家小還要打緊。蘭仙問他要五十塊洋錢，他自己沒有，這幾天看見文七爺用的錢像水淌，曉得他有錢，想問他借，怕他見笑；後來被蘭仙催不過了，祇好硬硬頭皮，老老臉皮，同文七爺商量。不料文七爺一口答應，立刻開開枕箱，取出一封一百洋錢，分了一半給他。趙不了看着眼熱，心上癢癢，說道：「早知如此，應該向他借一百，也是一借；如今祇有五十，統通被蘭仙拿了去，我還是沒有。」一面想的時候，文七爺早把那剩下的五十塊洋錢包好，仍

舊鎖入枕箱去了。趙不了不好再說別的，謝了一聲，兩隻手捧了出來。不到一刻工夫，已經到了蘭仙手裏了。

這日飯后，太陽還很高的，船家已經攏了船，問了問，到嚴州祇有十里路了。問他：「為甚麼不走？」回道：「大船上統領吩咐：明天交立冬節，今天是個四離四絕的日子。這趟出門是出去打仗，是要取個吉利的。所以吩咐今日停船。明天飯後，等到未正二刻，交過了節氣，然后動身，一直頂碼頭。」別人聽了還可，祇有一個趙不了喜歡的了不得。因為在船上同蘭仙熱鬧慣了，一時一刻也拆不開，恐怕早到嚴州一天，他二人早分離一天。如今得了這個信，先趕進艙來告訴文七爺。文七爺知道他腰包裏有了五十塊洋錢了，便敲他喫酒道：「趙不了擾了一場，蘭仙也替他交代不下去了。」還說：「明天上了岸，大人們一齊要高升了，一杯送行酒是萬不可少的。」文七爺自從那天聽了統領的說話，一直也沒有再到統領船上去，心上想：一個營盤事已如此，也不想他甚麼好處，我已盡我的再說。」一面吩咐玉仙：「今天晚上趙師爺的酒吃過之後，再替我預備一桌飯。」玉仙答應着。

他又去約了那船上的王、黃、周三位；索性又把炮船上的統帶，什麼趙大人、魯總爺，又約了兩位；連自己同着趙不了，一共是七位，整整一桌。當下王、黃二位答應說來。祇有周老爺忽然膽小起來，說：『恐怕統領曉得說話。』趙、魯二位也再三推辭。文七爺道：『這裏頭的事情，難道你們諸位還不曉得？統領那天生氣，並不是爲着我擺酒生氣，爲的是我帶了龍珠的局，割了他靴腰子，所以生氣。我今天不叫龍珠的局，那就一定沒事的了。況且統領還說過到了嚴州，打退了土匪，還要自己擺酒同大家痛飲一番。這是你們諸公親耳聽見的。他做大人的好擺得酒，怎麼能夠禁止我們呢。又況且嚴州並沒有甚麼土匪，這趟還怕不是白走。我們也不望甚麼保舉，他也不好說我們什麼不是。等擺好臺面，叫船家把船開遠些，叫他聽不見就是了。』

原來這幾天統領船上，王、黃二位祇顧抽鴉片烟，沒有工夫過去。文七爺因爲碰了釘子，也不好意思過去。趙不了雖然東家帶了他來，有時候寫封把信，當當雜差才叫着他；平時東家並不拿他放在眼裏，他也怕見東家的面。這幾天被蘭仙纏昏了，自己又懷着鬼胎，所以東家不叫他，他也樂得退後，不敢上前。這個空擋裏，祇有一個周老爺，一天三四趟的往統領坐船上跑。他本是中丞的紅人，統領自然同他客氣。偏偏又得到嚴州信息，曉得沒有甚麼土匪，統領自然高興，他也幫着高興，雖然他臨走的時候，戴大理交代過他，說：『統領的爲人，喫硬不喫軟。』及至見過幾面，才曉得統領並不是這樣的人，戴大理的話有點不確，須得見機行事，幸虧沒有造次。連日統領見了他，着實灌米湯，他亦順水推船，一天到晚，製造了無數的高帽子給統領戴，說甚麼：『嚴州一帶全是個山，本是盜賊出沒之所，土匪亦是一年到頭有的，如今是被統領的威名震壓住了，嚇得他們一個也不敢出來。將來到了嚴州，少不得懲辦幾個，給他們一個利害，叫他們下次不敢再反。回來再在四鄉八鎮，各處搜尋一回，然后稟報肅清，也好叫上頭曉得這一趟辛苦不是輕容易的，將來一定還好開個保案，提撥提撥卑職們。』胡統領道：『不是你老哥說，我正想先把嚴州沒有土匪的消息連夜稟報上頭，好叫上頭放心。』周老爺道：『使不得！使不得！如此一辦，叫上頭把事情看輕，將來用多了錢也不好報銷，保舉也沒他又去約了那船上的王、黃、周三位，索性又把炮船上的統帶，什麼趙大人，魯總爺，又約了兩位，連自己同着趙不了，一共是七位，整整一桌。當下王、黃二位答應說來。祇有周老爺忽然膽小不來，說：「恐怕統領曉得說話。」趙、魯二位也再三推辭。文七爺道：「這裏頭的事情，難道你們諸位還不曉得？統領亦不大生氣，並不是為着我擺酒生氣，為的是我帶了龍珠的局，觸了他的醋勁，所以生氣。我今天不叫龍珠的局，那就一定沒有的了。況且統領還說過到了嚴州，打退了土匪，還要自己擺酒同大家補敘一番。這是你們諸公親耳聽見的。他做大人的好擺得酒，怎麼能夠禁止我們呢？又況且嚴州並沒有甚麼土匪，這趟還值不得一走。我們也不望甚麼保舉，他也不好說我們什麼不是。等擺好臺面，叫船家把船開遠些，叫他聽不見就是了。」

原來這幾天統領船上，王、黃二位祇顧抽鴉片煙，沒有工夫過去；文七爺因為碰了釘子，也不好意思過去。趙不了雖然東家帶了他來，有時候真討他作，常常差事不叫着他，平時東家並不拿他放在眼裏。他也怕見東家的面。這幾天做個仙鶴了，自己又擺着鬼臉，所以東

文學名著中的嚴州　一八

家不叫他，他也樂得退後，不敢上前。這個空擋裏，祇有一個周老爺，一天三四趟的往統領坐船上跑。他本是中丞的紅人，統領自然同他客氣。偏偏又得到嚴州信息，曉得沒有甚麼土匪，統領自然高興，他也幫着高興。雖然他臨走的時候，戴大理交代過他，說：「統領的為人，喫硬不喫軟。」又全虧見過幾面，才曉得統領並不是這樣的人，戴大理的話有點不準，須得見機行事。幸虧沒有造次，連日統領見了他，着實灌米湯，他亦順水推船，一天到晚，要造了無數的高帽子給統領戴，說甚麼：「嚴州一帶全是個山，本是盜賊出沒之所，土匪亦是一年到頭有的，如今是被統領的威名震住了，嚇得他們一個也不敢出來。將來到了嚴州，少不得總辦幾個，給他們一個利害，叫他們下次不敢再反。回來再在四鄉八鎮，各處搜尋一回，然後稟報肅清，也好叫上頭曉得這一趟辛苦不是輕容易的，將來一定還好開個保案，提拔提拔卑職們。」胡統領道：「不是你老哥說，我正想先把嚴州沒有土匪的消息連夜稟報上頭，好叫上頭放心。」周老爺道：「使不得！使不得！如此一辦，叫王頭把事情看輕，將來用多了錢也不好報銷，保舉也沒

有了。如今稟上去，越说得凶越好。』胡統領一聽此言，恍然大悟，連说：『老哥指教的極是，兄弟一準照辦。……』當下就關照龍珠，另外叫他多備幾樣菜，留周老爺在這邊船上吃晚飯。周老爺有了這個好處，所以文七爺請他，執定不肯奉擾。文七爺見請他不到，也祇好隨他。等到上火之後，船家果然把他們兩隻坐船撐到對岸停泊。其時，周老爺早已跳在統領大船上去了。

趙不了臺面擺好，數了數人頭，就是不見周老爺，忙着要叫人去找。文七爺道：『現在他做了統領的紅人兒了，統領一時一刻不能離開他。他眼睛裏那裏有我們，我們也不必去仰攀他了。』趙不了道：『不請他，恐怕他在東家跟前要说我們甚麽。』王師爺道：『周某人同你往日無仇，他爲什麽要擠你？這倒可以無慮的。』趙不了祇得罷手，不過心上總有點疑疑惑惑，覺着總不舒服。一臺酒敷衍喫完，拳也没有豁，酒也没有多吃。幸虧一個文七爺興高采烈，一臺吃完，忙吩咐擺他那一臺。又去請趙大人、魯總爺，一個個坐了小劃子都來了。趙大人並且把他的一個相好名字叫愛珠的帶了來。文七爺見了非常之喜，連说：『到底趙大人脾氣爽快。……』又催着替魯總爺帶局。魯總爺没有相好，文七爺就把周老爺叫的招弟的一個姊姊，名字叫翠林的薦給他。一時賓主六人，團團入座。文七爺因爲剛才在趙不了臺面上没有吃得痛快，連命拿大碗來。王、黄二位是不大喫酒的，趙不了量也有限。幸虧炮船上統帶趙大人是行伍出身，天生海量：年輕的時候，一晚上一個人能彀吃三大罎子的紹興酒，吐了再吃，吃了再吐，從不作興討饒的；如今上了年紀，酒興比前大減，然而還有五六十斤的酒量。就以現在而論，文七爺還不是他的對手。但是文七爺亦是個好漢，人家喝一碗，他一定也要陪一碗，人家喝十碗，他一定也要陪十碗。喝酒喝的吐血，如今又得了痰喘的病，他還是要喝，見了酒没命的喝，見了女人，那酒更是没命的喝。先是搶三，三拳一碗，后來還嫌不爽快，改了一拳一碗。趙大人喫酒喫的火上來了，把小帽子、皮袍子一齊脱掉。文七爺也光穿着一件棗兒紅的小緊身，映着雪白的白臉蛋，格外好看。王、黄二位喫了一半，到後艙裏躺下抽烟，趙不了趁空便同蘭仙胡纏。

臺面上祇剩得一個魯總爺。這魯總爺，是江南徐州府人氏，本是鼻烟壺，都是文七爺心愛之物，連着衣袋裏的一隻打黃金表，一條金鏈條，統通不見。文七爺脾氣是毛躁的，立刻嚷了起來，說：「船上有了賊了，還了得！」王仙嚇得面無人色。后艙裏人一齊哄到前艙裏來。船老闆道：「我們的船，在這江裏上上下下一年總得走上幾十趟，祇要東西在船上，一個花針也不會少的。總是忘記擱在那裏了，求老爺再叫他們仔仔細細找一找。」文七爺道：「一個艙裏都找遍了，那裏有個影兒。」船老闆不相信，親自到耳艙裏看了一遍，又掀開地板找了一會，統通沒有，連稱奇怪。文七爺疑心船上夥計不老實。船老闆道：「我這些夥計，都是有根脚的，偷偷摸摸的事情是從來沒有的。」文七爺發火道：「難道我冤枉你們不成！既然東西在你們船上失落掉的，就得問你要。」船老闆不敢多言。船頭上一個夥計說道：「昨天喝酒的時候，人多手雜，保得住誰是賊，誰不是賊？」文七爺一聽這話，越發生氣，一跳跳得三丈高，罵道：「喝酒的人都是我的朋友，你們想賴我的朋友做賊嗎！況且昨天晚上，除掉客人，就是叫的局；一個局來了，總有兩三個烏龜王八跟了來，一齊頓在船頭上，推開耳艙門伸手摸了去，論不定就是這般烏龜偷的。如今倒怪起我的客人來了。真是混帳王八蛋！等等到了嚴州，一齊送到縣裏去打着問他。」船老闆見文七爺動了真火，立刻到船頭上知會夥計，叫他不要多嘴。又回到艙裏，叫王仙倒茶給文老爺喝。文七爺也不理他。此時船在江中行走，別船上的人不能過來，祇有本船上的，人人詫异，個個稱奇。趟不了也幫着找了半天，那裏有點影子。大家總疑心是船上夥計偷的，决非他人。文七爺統計所失：一個搬指頂值錢，是九百兩銀子買的；兩個鼻烟壺，四百兩一個；打璜金表連着金鏈條，值二百多塊；一隻金鑲藤鐲，不過四十塊；其餘現洋錢是有數的了。一面算，一面托趟不了替他開了一張失單。霎時開船抵碼頭，便有本城文武大小官員前來迎接。文七爺是隨員，祇得穿了衣帽，到統領船上請安稟見。怕的是有甚麼差遣。這個檔裏，見了嚴州府首縣建德縣知縣莊大老爺，他們本是同寅，又是熟人，便把船上失竊的事告訴了他，隨手又把一張失單遞了過去。莊大老爺立刻吩咐出來，把這船上的老闆、夥計統通鎖起，帶回衙門審訊；其餘幾隻船上，責成船老闆不準放走一個。夥計，將來回明統領，一齊要帶到城裏對質的。果然現任縣太爺一呼百諾，令出如山，祇吩咐得一句，便有一個門上，帶了好幾個衙役，拿着鐵鏈子，把這船上的老闆、夥計一齊鎖了帶上岸去了。

且説統領船上把各官傳了幾位上來，盤問土匪情形。一個府裏，一個營裏，都是預先商量就的，見了統領，一齊稟稱，起先土匪如何猖獗，人心如何驚慌，「後來被卑府們協力擒拿，早把他們嚇跑，現在是一律肅清的了」。他二人的意思原想借此可以冒功，誰知胡統領聽了周老爺上的計策，意思同他一樣。船到碼頭時候，胡統領還捏着一把汗，生怕路上聽來的信息不確，到了嚴州被土匪把他宰了；及至聽了府裏、營裏的言語，膽子立刻壯起來，便説：「這些伏莽爲患已久，現在他們打聽得大兵前來，所以暫時解散；等到兄弟去後，依舊是出來攪擾。兩位老兄雖説是已經肅清，據兄弟看來，後患方長，不可不慮。且等明天兄弟上岸察看情形，再作計較。」當下又説了些別的閑話，端茶送客，衆官別去。不在話下。

單説文七爺船上的老闆、夥計被縣裏鎖了去，嚇得一船的女人哭哭啼啼，跪着向文老爺討情，文老爺不理；又替趙師爺磕頭，趙師爺也作不得主。後來文七爺被玉仙纏不過，祇好答應他，且等縣裏問過一堂再去説情。未到天黑，縣裏的辦差門上進來回文七爺的話，説道：「已經替大老爺同師爺另外封了一隻船，就請今天搬過去。這隻船是賊船，我們敝上要重重的辦他們一辦。」文七爺道：「很好。」船上的女人，聽説老爺要過船，更没有依靠了，一齊跪在艙板上不起來。玉仙拉着文七爺，蘭仙拉着趙師爺，更是哭個不了。文七爺没法，祇好安慰玉仙道：「我決不難爲你的。」玉仙没法，祇好讓文七爺過船。行李剛搬得一半，縣裏莊大老爺派的捕快也就來了。先到船上請示失去的搬指、烟壺是什麼樣子；聽説有一百五十塊現洋錢，有無圖書。文七爺説：「洋錢全是鼎記拿來的，一律是本莊圖章。」齊巧身邊還有一塊，就拿出來給他們看，好拿着比樣子去找。捕快説：「城裏大小當鋪都找過，没有，想來還不曾出手。洋錢論不定要先出擋。昨天喝酒的那些老爺們共是幾位？小的們不敢疑心到老爺，怕的是帶來的管家手脚不好。雖不敢明查他們，也得暗裏留心；就是拿住之後，不

替他們聲張出來，也有個水落石出。至於這幾隻船上的夥計，將來稟過大人，一齊要好好的搜一搜。」文七爺見這捕快說話在行，就統通告訴了他，還着實誇贊他幾句，說他能辦事。

等到文七爺、趙師爺才把船過停當，捕快就進了中艙坐下。勒令別家船上的夥計把船替他撐開兩頭，靠在一只茶館底下。捕快向這茶館裏一招手，又上來好幾個，是他同伙的人，一齊到了中艙。就叫船家的女人幫着把艙板掀開，大約看了一遍，沒有。又到後艙。起先王仙妹妹是一直在前艙的，一個個哭的同淚人一般，也不像什麼美人了。誰知蘭仙看見一幫人往後頭去，他也趕到後頭去。被一個捕快把他一攔道：「小姑娘，你別往這裏瞎跑！」蘭仙道：「我們女人有些東西不好給你們男人看的，我得收拾收拾。」捕快道：「慢着，不好看的東西也要看看的了。」一面說，一面夥計們已在後艙翻的不成樣兒了。後首不知怎樣，在蘭仙床上搜出一封洋錢，立刻打開來一看，一封圖章，絲毫不錯。捕快道：「贓在這裏了！」衆人聽了一驚。蘭仙急攘攘的說道：「這是趙師爺交給我，托我替他買東西的。」捕快道：「趙

听申饬随员赌气 受委屈妓女轻生

師爺没人托了，會托到你！這話衹好騙三歲孩子。』蘭仙道：『如果不相信，好去請了趙師爺來對的。』捕快道：『真贜實據，你還要賴！』一面说，一伸手就是一個巴掌。船上的女人，統通認是蘭仙做賊，一個個都嚇昏了。原來趙不了從文七爺手裏借了五十塊洋錢給了蘭仙，蘭仙却瞞住他娘，不曾被他知道；等到抄了出來，所以他娘也摸不着頭腦。蘭仙又不是親生女兒，是買來做媳婦的，一時氣頭上，也不分青紅皂白，趕過來狠命的幫着把蘭仙一頓的打。嘴裏還罵道：『不要臉的小娼婦！偷人家的錢，帶累別人！不等上堂老爺打你，我先要了你的命！』捕快道：『有了洋錢，別的東西就好找了。』忙着翻了一大陣，却是一毫影子没有。又趕過來問蘭仙。其時蘭仙已被他娘打的不成樣子了。捕快連忙喝阻道：『他今犯了官罪，有老爺管他，你須管他不到了。你自己的人作賊，連你自家都有罪，還有面孔打人呢！』老闆奶奶被捕快埋怨了一頓，一聲也不敢響。捕快催問蘭仙別的東西。蘭仙衹是哭，没有話。大衆格外疑心。他娘也催着他说道：『多偷衹有一個罪，少偷亦衹有一個罪。小祖宗！你快招認罷，省得再害別人了！』蘭仙還是哭，没有話。

捕快道：『他不说，亦不要他说了。且把他帶到城裏再講。』於是拖了就走。那捕快還拉着老闆奶奶同着一塊兒去。老闆奶奶嚇的索索抖，不敢去；又被他們罵了兩句，衹好跟着同去。一頭走，一頭罵蘭仙。蘭仙此時被衆人拖了就走。上岸之后，在茶館裏略坐片刻，一同押着進城。可憐他小脚難行，走三步，捱一步，捕役還不時的催，恨的他娘一路拿巴掌打他。

好容易捱到衙門口，在二門外頭臺階上坐了一會。捕快進去禀報，傳話出來：『老爺此刻就要上府，晚上統領大人還要傳去問話，吩咐把船上兩個女人先交官媒看管，明天再審。』衆人聽了，便去傳到官媒婆，把兩個女人交給他。官媒婆領了就走，一走走到他家。

這時候他娘兒兩個頭上的金簪子、銀耳挖子，統通被差上拿去，说是賊贜，要交給老爺的。娘兒倆也不敢作聲。到了官媒那裏，頭上的首飾已經一絲一毫都没有了。官媒還不死心，又拿他二人細細的一搜，蘭仙手上還有一付鍍金銀鐲子，也被他探了下來，说是明天要交腰，蕭伯子上還有一付鍍金銀鐲子，也被他探了下來，說是明天要交的首飾已經一絲一毫都沒有了。官媒還不死心，又拿他二人細細的說是賊贓，要交給老爺的。做兒偏也不敢作聲。到了官媒那裏，頭上這時候他娘兒兩個頭上的金簪子，銀耳挖子，統通被差人拿去。媒婆，把兩個女人交給他。官媒婆領了就走，一直走到他家。把船上兩個女人先交官媒看管，明天再審。」眾人聽了，便去傳到官傳話出來：「老爺吩咐，就要上府，晚上統領大人還要傳去問話，吩咐

好容易挨到衙門口，在二門外頭臺階上坐了一會，捕快進去稟報。恨的他娘一路拿巴掌打他。

同押着進城。可憐他小腳難行，走一步，捱一步，捕役還不時的催。蕭伯。蕭伯此時被眾人拖了就走。上岸之后，在茶館裏略坐片刻，一象料，不敢去；又被他們罵了兩句，祇好跟着同去。一頭走，一頭罵是拖了就走。那捕快還拉着老闆奶奶同着一塊兒去。老闆奶奶嚇的索捕快道：「他不說，亦不要他說了。且把他帶到城裏再講。」一定了！」蕭伯還是哭，沒有話。

有一個罪，少爺亦祇有一個罪。小祖宗！你快招認罷，省得再害別人蕭伯祇是哭，沒有話。大眾格外疑心。他娘也催着他說道：「多偷祇老闆奶奶被捕快提醒了一句，一聲也不敢響。捕快催問蕭伯別的東西。管他不到了。你自己的人作賊，連你自家都有罪，還有面孔打人呢！」不成樣子了。捕快連忙喝阻道：「他今犯了官罪，有老爺審他，你須大鬧，却是一點影子沒有。又趕過來問蕭伯。其時蕭伯已被他娘打的你的命！」捕快道：「有了洋錢，別的東西就好找了。」一把揹着翻了一臉的小娼婦！偷人家的錢，帶累別人！不等上堂老爺打你，我先要了青紅皂白，趕過來狠命的幫着把蕭伯一頓的打。嘴裏還罵道：「不要頭臉。蕭伯又不是親生女兒，是買來做媳婦的，一時氣頭上，也不分蕭伯却瞞住他娘，不曾叫他知道；等到抄了出來，所以他娘也摸不着個個都嚇昏了。原來趙不了從文七爺手裏借了五十塊洋錢給了蕭伯，一面說，一伸手就是一個巴掌。船上的女人，統通說是蕭伯做賊，一不相信，好去請了趙師爺來對的。」捕快道：「真贓實據，你還要賴！」的爺沒人托了，會托到你！這話祇好騙三歲孩子。」蕭伯道：「如果

案的。其時初冬天氣，他娘兒們都穿着大厚棉襖，官媒婆一定说是偷來的賊贜，要他脱了下來。他二人不敢不遵。每人衹穿兩件布衫，凍的索索的抖。凡初到官媒婆那裏的人，總得服他的規矩，先餓上兩天，再挨上幾頓打，晚上不準睡；没有把你吊起來，還算是便宜你的。至於做賊的女犯，他們相待更是與衆不同：白天把你拴在床腿上，叫你看馬桶，聞臭氣；等到晚上，還要把你捆在一扇板門上，要動不能動，擱在一間空屋子裏，明天再放你出來。可憐蘭仙雖然落在船上，做了這賣笑生涯，一樣玉食錦衣，那裏受過這樣的苦楚。衹因他生性好强，又極有情義，趙不了給他錢的時候，曾對他说過：『不要同你媽说起是我送的，怕傳在統領耳朵裏去。』所以他牢記在心。等到捕役搜到之後，他一時情急，衹说得一句是『趙師爺托我買東西的』。後來被他們拉了上岸，早已知道此去没有活路，與其零碎受苦，何如自己尋個下場。——就是不死，這碗船上的飯也不是好吃的。所以聽说要將他拖上岸去，他早已萌了死志，順手把炕上烟盤裏的一個烟盒拿在手中。等到官媒婆搜的時候，要藏没處藏，就往嘴裏一送，熬熬苦，吞了下去，

趁空把匣子丟掉。一時官媒搜過，他便對他娘说道：『媽！你亦不必埋怨我，亦不必想我。這個苦，我是受不來的。早也是一死，晚也是一死，倒不如早死乾净。我死之后，你老人家到堂上，衹要一口咬定請趙師爺對審，我的冤就可以伸，你老人家也不至於受苦了。』他娘此時又氣又嚇，又凍又餓，早已糊裏糊塗，他媳婦说的話始終未曾聽得一句。等到上燈，官媒婆因他二人是賊，便將板門擡了進來，如法炮製，鎖入空房。誰知次日一早推門，這一嚇非同小可！欲知後事如何，且聽下回分解。

案的。其時為冬天氣，他媳兒們都穿着大厚棉襖，宜媒婆一定說是偷來的贓，要他說了不來。他二人不敢不還。每人祇穿兩件布衣，凍的索索的抖。凡是到宜媒婆那裏的人，總得服他的規矩，先餓上兩天，再接上幾頓打，晚上不准睡；沒有把你吊起來，還算是便宜你的。至於做賊的女犯，他們相待更是與衆不同：白天把你拴在床腿上，叫你看馬桶，聞臭氣；等到晚上，還要把你捆在一扇板門上，要動不能動，擱在一間空屋子裏，明天再放你出來。可憐蘭仙雖然落在船上，做了這賣笑生涯，一樣玉食錦衣，那裏受過這樣的苦楚。祇因他生性好強，又極有情義，趙不了給他錢的時候，曾對他說過：「不要同你媽說是我送的，怕傳在參領耳朵裏去。」所以他牢記在心。等到捕役搜到之後，他一時情急，祇說得一句是「趙師爺托我買東西的」。後來被他們拉了上岸，早已知道此去沒有活路，與其零碎受苦，何如自己尋個下場。——就是不死，這碗船上的飯也不是好吃的。所以聽說要將他拖上岸去，他早已萌了死志，順手把炕上煙盤裏的一個煙盒拿在手中。等到宜媒婆搜的時候，要藏沒處藏，就往嘴裏一送，熬熬苦，吞了下去，

總空把匣子丟掉。一時宜媒搜過，他便對他娘說道：「媽！你亦不必埋怨我，亦不必想我。這個苦，我是受不來的。早也是一死，晚也是一死，倒不如早死乾淨。我死之後，你老人家到堂上，祇要一口咬定請趙師爺對審，我的冤就可以伸，你老人家也不至於受苦了。」他娘此時又氣又嚇，又凍又餓，早已糊裏糊塗，他媳婦說的話始終未曾聽得一句。等到上燈，宜媒婆因他二人是賊，便將板門擡了進來，如法炮製，鑽入空房。誰知次日一早推門，這一嚇非同小可！欲知後事如何，且聽下回分解。

第十四回　剿土匪魚龍曼衍　開保案鷄犬飛升

却説蘭仙既死之后，次早官媒推門進去一看，這一嚇非同小可，立刻張皇起來。老閭奶奶見媳婦已死，搶地呼天，哭個不了，官媒到此却也奈何他不得。又因他年紀已老，不料想不會逃走，也就不把他拴在床腿上了。奉官看守的女犯，一旦自盡，何敢隱瞞，祇好拼着不要命，立時禀報縣太爺知曉。

莊大老爺一聽人命關天，雖然有點驚慌，幸虧他是老州縣出身，心上有的是主意，便立時升堂，把死者的婆婆帶了上來，問過幾句。老婆子祇是哭求伸冤，老爺不理他，特地把捕快叫了上去，問他：「蘭仙做賊，是誰證見？」捕快回稱：「是他婆婆的證見。」老爺喝道：「他同他婆婆還有不是一氣的？怎麽说他是證見呢？」捕快回道：「文大老爺的洋錢，塊塊上頭都有鼎記圖章；小的在這死的蘭仙床上搜到了一封，一看圖章正對，他媽也不知道這洋錢是那裏來的，還打着問他。大老爺不相信，問這船上的老婆子可是不是。」老爺便問老閭奶奶道：「你媳婦這洋錢是那裏來的？」老婆子回：「不知。」老爺道：「我亦曉得你不知情，倘若知情，豈不是你也同他統通一氣，都做了賊嗎？」老婆子道：「我的青天大老爺！我實情不知道！」老爺道：「捕快搜的時候，你看見没有，他還是在死的蘭仙床上搜着的呢？還是在你同你別的女兒床上搜着的呢？」老婆子一聽這話，又恐怕又拖累到自己連着玉仙，連忙哭訴道：「實實在在是蘭仙偷的，是在他床上翻着的。」老爺道：「可是你親眼所見？」老婆子道：「是我親眼所見。」老爺道：「這是你死的媳婦不好。我老爺比鏡子還亮，你放心罷，我决不連累你的。」老婆子道：「真真青天大老爺！」

老爺這裏又把官媒婆傳了上去，一把驚堂木一拍，罵了聲：「好個混帳王八蛋！我老爺把重要賊犯交你看管，你膽敢將他凌虐至死！到我這裏，諒你也無可抵賴。我今天將你活活打死，好替蘭仙償命！」説罷，便吩咐差役將他衣服剥去，拿藤條來，替我着實的抽。兩邊衙役答應一聲，立刻走過七八個似狼如虎的人，伸手將媒婆衣服剥去，祇剩得一件布衫，跪在地下，瑟瑟抖個不了。老爺又喊一聲「打」，便有一個人提着頭髮，兩個人一邊一個，架着他的兩隻膀子，一個拎着一根指頭粗的麻條，一五一十，一下下都打在媒婆身上。五十一換班，打的媒婆「啊呀皇天」的亂叫，不住的喊「大老爺開恩」。老爺也不理他。看看一口氣打了整整五百下，方才住手。老爺又問船上老婆子道：「你的媳婦可是官媒婆弄死他的不是？如果是他弄死的，我今天立刻就弄死他，好替你媳婦償命。」老婆子跪在一旁，看見老爺打人，早已嚇昏的了，雖有吩咐不來，他却一句不曾聽見，祇是在地下發楞。老爺又指着船上老婆子同官媒說：「你的死活在他嘴裏：他要你活就活，他叫你死就死。我老爺祇能公斷。」官媒一聽這話，便哭着求老婆子道：「老奶奶！頭上有天！你媳婦可是自己尋的死，並不與我甚麼相干。現在老爺打死我，這要你老人家說一句良心話，你媳婦是我弄死的不是？果若是我弄死的，我死而無怨。我的老奶奶！我的命現在吊在你嘴裏，你要冤枉死我，我做了鬼也不同你干休！」老婆子心上本來是恨官媒婆的；今見老爺已經打了他一頓，「倘若我再說了些甚麼，老爺一定要將他打死，這條人命豈不是我害的。別的不怕，倘若冤魂不散，與我纏繞起來，那可不是玩的！現在這一頓打已經够他受用的了，況且繡仙又實實在在不是他弄死的，我又何必一定要他的命呢？」想罷，便回老爺道：「大老爺，我們繡仙是自己死的，不與他相干，求老爺饒了他罷！」老爺聽了這話，便道：「既然是你替他求情，我老爺今天就饒他一條狗命。」官媒又在堂上替老婆子磕頭，謝過老奶奶。

老爺又對老婆子道：「昨天船上的事情，我也知道是繡仙一個人做的，與你並不相干。我本來今天想放你的。既然如此，你趕緊下去，具張結上來，好領你媳婦尸首去盛殮。」老婆子巴不得這一聲，老爺開恩放他。立刻下去具結，無非是「媳婦羞忿自盡，並無設謊情事」等語頭。寫好之后，送上老爺過目。又拿下去，叫老婆子畫了十字。諸事停當，老爺又把船上的一般男人，甚麼老闆、夥計，通同提了上去，告訴他們：「現在文大老爺的東西，查明白了，是繡仙偷的，藏在床上，是他婆婆親眼為證，看着捕快搜出來的。現在繡仙已經畏罪自盡，千個罪並成一個罪，等他死的一個人承當了去。餘下少的東西，我去替你們來求文大老爺，請他不必追究，可以開脫你們。」衆人聽了，自然感激不盡。老爺便命仍把一干人還押，等禀過本府大人，請鄰封驗過尸首回來，再行取保釋放。衆人叩謝下去。老爺便立刻上府，將情禀知本府，請派鄰封相驗。他們堂屬本來接洽，自然幫着了事，那裏還有挑剔之理。鄰封相驗，是照例文章，無庸細述。

莊大老爺又趕到船上向文七爺叨情：『失落的東西該價若干，由兄弟送過來。現在做賊的人已經畏罪自盡，免其拖累家屬。』文七爺忙問：『東西是那個偷的？』莊大老爺回説：『是本船上的「招牌主」蘭仙偷的。』文七爺聽了，好生詫异。本來還想盤問，因爲莊大老爺是要好朋友，知道他是借此開脱自己的干係，同寅面上不好爲難，衹得應允，還説：『東西失已失了，做賊的人已經死了，那有叫老哥賠的道理。』莊大老爺道：『老同寅面上，怎敢説賠，但是老哥也等着錢用，兄弟是知道的，停會就送過來。』文七爺見他如此，也不好説別的。當時又説了幾句閑話，彼此别過。走到船頭上，莊大老爺又同文七爺咬個耳朵，托他在統領面前善言一聲。文七爺也答應。莊大老爺回去之后，當晚先送了三百銀子給文七爺。次日鄰封驗過尸，尸親具過結，没有話説，莊大老爺將一干人釋放。這班人倒反感頌縣太爺不置：一條人命大事，輕輕被他瞞過，這便是老州縣的手段。

閑話休題。且説當莊大老爺同文七爺講話之時，都被趙不了聽去。先聽見蘭仙做賊，已吃一驚；後來聽話他畏罪自盡，這一嚇更非同小可！想起兩個人要好的情意，止不住撲簌簌掉下泪來。然而還當他果真是賊，却想不到是自己五十塊洋錢將他害的。當夜一宵没生合眼。後來打聽到船上人俱已釋放，蘭仙已經掩埋。他常常寫四六信寫慣的，便抽空做了一篇祭文，偷着到岸上空地方望空拜奠了一番。回得船來，又是一夜不睡，替蘭仙做了一篇小傳，還謅了幾首七言四句的詩。自己想着：『將來刻在文稿裏，叫他留名萬載，也算以報知己了。』幸虧這兩天，文七爺公事忙，時時刻刻被統領差遣出去，所以由他一個盡着去幹，也没人來管他。

單説胡統領自從船靠碼頭，本城文武禀見之后，他聽了周老爺的計策，便一心一意想無中生有，以小化大。次日一早排齊隊伍，先獨自一個坐了綠呢大轎，進城回拜了文武官員。首縣替他在城裏備了一自一個坐了綠呢大轎，進城回拜了文武官員，首縣替他在城裏備了一所行轅，便一心一意想無中生有，以小化大。次日一早拜摺保伍，先回。

單說胡統領自從船靠碼頭，本城文武稟見之後，他聽了周老爺的話，盡着去辦，也沒人來管他。

過了兩天，文七爺公事上，時時刻刻被統領差遣出去，所以由他一個己想着：一樁來到在文輪裏，叫他留名萬載，也算以報知己了。一幸又是一夜不睡，替周老爺做了一篇小傳，還議了幾首七言四句的詩。自便抽空做了一篇祭文，偷着到岸上空地方望空拜奠了一番。回得船來，後來打聽到船上人俱已釋放，兩個人已經掩埋。他常常寫四六信寫帖的，真是啦，却想不到是自己五十塊洋錢將他害的。當夜一宵沒有合眼。可！想起兩個人要好的情意，止不住撲簌簌掉下淚來。然而還算個結果先聽見兩個做賊，已吃一驚；後來聽說他畏罪自盡，這一驚更非同小

閑話休題。且說當莊大老爺同文七爺講話之時，都被這不了聽去不管：一條人命大事，輕輕被他瞞過，這便是各州縣的手段。具過結，沒有話說，莊大老爺將二千人釋放。這班人回家感激縣太爺回去之後，當晚先送了三百銀子給文七爺，次日辦封數過戶，另外

文七爺咬個耳朵，託他在統領面前美言一聲。文七爺也答應。莊大老到的。當時又說了幾句閑話，彼此別過。走到船頭上，莊大老爺又同錢用，況我是知道的，往會就送過來。一文七爺見他如此，也不好說的道理。一莊大老爺道：一老同寅面上，怎敢說謊，但是老哥也要着得應允，還說：一東西丟失了，做賊的人已經死了，那有叫老哥賠是要好朋友，知道他是借此開脫自己的干係，同寅面上，不好為難，賠出偷的。一文七爺聽了，好生詫異，本來還想盤問，因為莊大老爺作問：一東西是那個偷的？一莊大老爺回說：一是本船上的招牌王一兄弟送過來。現在做賊的人已經畏罪自盡，免其查抄家屬。一文七爺莊大老爺又提到船上向文七爺叨情：一失落的東西該價若干，由那裏還有挑剔之理。辦封相驗，是照例文章，無庸細述。

詳情稟知本府，請派委前相驗。他們當屬本來沒治，自然樂得了事，都封驗過戶回來，再行取保釋放。衆人叩謝下去。老爺便立刻上詳，了，自然感激不盡。老爺便吩咐把一千人選押，等事過本府大人，請

個公館。他心上實在捨不得龍珠，面子上祇说：『船上辦事很便，不消老哥費心。』所以預備的那個公館，他竟不到。是日就在府衙門裏吃的中飯。一面吃飯，一面同府裏、營裏说道：『據兄弟看來，土匪一定是聽見大兵來了，所以一齊逃走，大約總在這四面山坳子裏；等到大兵一去，依舊要出來爲非作歹。斬草不除根，來春又發芽。兄弟此來，決計不能夠養癰貽患，定要去絶根株。今天晚上，就請貴營把人馬調齊，駐扎城外，兄弟自有辦法。』營官諾諾連聲，不敢違拗。本府意思還想冒功，遂又禀道：『土匪初起的時候，本甚猖獗；後來卑府會同營裏同他們打了兩仗，都已殺敗，四處逃生，現在是一個賊的影子也没有了。大人可以不必過慮。』胡統領道：『貴府退賊之功，兄弟亦早有所聞。但兄弟總恐怕不能斬盡殺絶，將來一發而不可收拾，不但上憲跟前兄弟無以交代，就連着老哥們也不好看，好像我們敷衍了事，不肯出力似的。』本府聽了此話，面上一紅。

一霎喫完飯，胡統領回船。營官回去傳令，不到天黑，早已傳齊三軍人馬，打着旗，掌着號，一班副爺們，一個個騎着馬，挂着刀，賽如迎喜神一般，到了城外，擇到一個空地方把營扎下。本營參將到船上禀過統領。此時統領真同做了大元帥一樣：自己坐船在當中；兩邊兩隻，便是三個隨員，兩位老夫子的坐船；此外還有家人們的船、差官們的船、伙食船、行李船、轎子船。又有縣裏預備的吹手船：一天吃三頓，吹打三次。統領出門回來，還要升炮；到了晚上，一更二更，頂到放天明炮，船上擂鼓，親兵掌號，嗚都都，嗚都都，吹的真正好聽；放過炮之后，還要細吹細打一次，都是照例的規矩。吹手船之外，便是統領帶來的兵船，有陸軍，有水師：水師坐的都是炮劃子，桅桿上都扯着白鑲邊的紅旗子，寫着某營、某哨；旗子當中寫的便是本船統帶的姓。船頭上，船尾巴上，統通插着五色旗子，也有畫八卦的，也有畫一條龍的，五顔六色，映在水裏，着實耀眼。

胡統領等到喫過晚飯，便同軍師周老爺商量發兵之事。當下周老爺過來，附着胡統領的耳朵，如此如此，這般這般，说了一遍。胡統領稱謝不迭。趕緊躺下抽烟，抽了二十多筒，他的癮也過足了，一翻身在炕上爬起，傳令發兵。這個時候差不多已有三更多天了，岸上的

參將、守備、千總、把總，船上的營頭、哨官，都静悄悄的候着。胡統領走到中艙一坐，差官們雁翅般的排列着；兩邊明晃晃的點着一對手照；一邊架上插着子丑寅卯辰巳午未申酉戌亥十二支令箭，還有黃綢做的小旗子。胡統領拔了一支令箭，傳參將上來，叫他帶五百人作爲先鋒，一路上逢山開道，遇水叠橋。參將答應一聲『得令』。又傳守備上來，叫他也帶五百人，作爲接應。一個千總，一個把總，各帶三百人，作爲衛隊。一干人都答應一聲『得令』，拿了令箭站在一旁。看官須知道：武營裏的規矩，碰着開仗，頂多出個七成隊，有時還衹出得個三成隊、四成隊的，從没有出過十成隊的。今番胡統領明知道地面上一個土匪都没有，樂是闊他一闊，出個十成隊，叫人家看着熱鬧熱鬧。按下不提。他還不知道從那裏找得一張地理圖，畫得極其工細，燈光之下，瞧了半天瞧不清楚，虧得小跟班遞上老花眼鏡來戴着，歪了頭瞧了半天，按着周老爺的話，打什麼地方進兵，打什麼地方退兵，什麼地方可以安營扎寨，什麼地方可以埋伏，指手畫脚的講了一遍。參將、守備、千總、把總諾諾連聲，嘴裏都说『遵大人吩咐』。说時遲，那時快，岸上兩個號筒手早已掌起號來，『出隊，出隊』的吹個不了。這些兵勇們打大旗的，抗洋槍的，抗刀叉的，——這種刀叉名字叫作『南陽技業』。抗苗子的，裝着白蠟桿，足足有八尺多長；抗馬刀的，馬刀上都捆着紅布；滚藤牌的，穿的老虎衣。一面燈球火把，照耀如同白晝，單等參將、守備、千總、把總下來，指明方向，他們就可分頭進發。

這個時候，偏偏有個都司叫作柏銅士的，蹌蹌踉踉上來回道：『剛才大人所说的進兵的地方，標下的船曾經摇過，厨子上去買菜，標下上去出恭，四面兒瞧過一瞧，一點動静都没有。』胡統領正在興頭上，突然被他阻住，不覺心中發火，大聲喝道：『我正在這裏指授進兵的方略，膽敢摇唇鼓舌，煽惑軍心！本該將你斬首，姑念用人之際，從寬發落。』一面喝：『拖下去！跟我結實的打！』衹見四個親兵，如狼似虎，早把柏都司按下，舉起軍棍，一聲吆喝，那軍棍就從柏都司身上落下來。看看打到二百，胡統領還不叫住手，棍子又來的結實，柏都司實實熬不得了。於是一衆官員，自參將起，至外委止，一齊朝參將、守備、千總、把總、船上的營頭、哨官，都靜悄悄的候着。胡統領走到中艙一坐，左右官們雁翅般的排列着；兩邊明晃晃的點着一對手照，一邊架上插着子丑寅卯辰巳午未申酉戌亥十二支令箭，還有黃綢做的小旗子。胡統領拔了一支令箭，傳參將上來，叫他帶五百人作爲先鋒，一路上逢山開道，遇水疊橋。參將答應一聲，得令。又傳守備上來，叫他也帶五百人，作爲接應。一個千總，一個把總，各帶三百人，作爲衛隊。一干人都答應一聲「得令」，拿了令箭，站在一旁。各官須知道：我營裏的規矩，雖然有明仗，頂多出個七成隊，有時還祗出得個三成隊，四成隊的，從沒有出過十成隊的。今番胡統領明知道地面上一個土匪都沒有，樂得鬧他一鬧，出個十成隊，叫人家看着熱鬧熱鬧。按下不提。他還不知道從那裏找得一張地理圖，畫得極其工細，燈光之下，瞧了半天瞧不清楚，虧得小跟班遞上老花眼鏡來戴着，低了頭，瞧了半天，按着周老爺的話，打什麼地方進兵，打什麼地方退兵，什麼地方可以安營扎寨，什麼地方可以埋伏，指手畫腳的講了一遍。參將、守備、千總、把總諸將諾諾連聲，嘴裏都說「遵大人的吩咐」。說時遲，

那時快，岸上兩個營頭早已紮起營來，「出隊，出隊」的吹個不了。這些兵勇們打大旗的，扛洋槍的，扛刀叉的，——這種刀叉名字叫作「南陽技業」，抗在手的，裝着白纓桿，足足有八尺多長；抗馬刀的，馬刀上都掛着紅布；紮藤牌的，各去虎衣。一面燈球火把，照耀如同白晝，單等參將、守備、千總、把總下來，指明方向，他們就可分頭進發。

這個時候，偏偏有個都司叫作柏鋪土的，蹌蹌踉踉上來回道：「職下大人所說的進兵的地方，標下的船曾經擺過，廚子上去買菜，標下上去出恭，四面兒瞧過一瞧，一點動靜都沒有。」胡統領正在興頭上，突然被他阻住，不覺心中發火，大聲喝道：「我正在這裏指撥進兵的方略，膽敢搖唇鼓舌，搖惑軍心！本該將你斬首，姑念用人之際，從寬發落。」一面喝：「拖下去，跟我結實的打！」一面見四個親兵，如狼似虎，早把相都司拉下，舉起軍棍，一聲吆喝，那軍棍就從相都司身上落下來。看看打到二百，胡統領還不叫住手。程千總又來的結實，相都司實實熬不得了。於是一眾官員，自參將起，至外委止，一齊朝

着胡統領跪下求情；艙裏容不下，連着岸上跪的都是人。胡統領還拿腔做勢，申飭了一大頓，方命把柏都司放起，將衆官斥退。大隊人馬，都已分派齊全。又傳下令來：『五更造飯，天明起馬。』胡統領自己在後押住隊伍，督率前進。所有的隨員，除兩位老夫子及黄同知留守大船外，周、文二位一概隨同前去。吩咐已畢，其時已有四更多天，胡統領又急急的横在鋪上呼了二十四筒鴉片烟，把癮過足，又傳早點心。這個空檔裏頭，周老爺、文七爺一班人便也回到自己船上，料理一切。

且説本營參將奉了將令，點齊人馬，正待起身，手下有個老將前來禀道：『統領叫大人打前敵，現在土匪一個影子都没有，到底去幹什麽事呢？』一句話把參將提醒，意思想上船請統領的示；見了剛才柏都司挨打的情形，恐防又碰在統領氣頭上，討個没趣；因此要去又不敢去。虧得這個老將聰明，方便説：『統領跟前不好請示，好在幾位隨員老爺已經下來，大人何不到他們船上問一聲兒？』參將正在没得主意，一聞此言大喜，立刻叫伴當拿了名片，趕到隨員船上，因與文

七爺相熟，指名拜文大老爺。文七爺見了名片，就説：『立時就要動身，那裏還有工夫會客。』周老爺道：『你别管，姑且先叫他進來。你没工夫，等我陪他。』便命手下『快請』。參將進得艙中，朝着諸位一一打恭。歸坐之后，周老爺劈口問他：『半夜惠顧，有何賜教？』參將凑近一步，將來意陳明：『請教統領大人是何用意？此地實實在在一個土匪没有，如今帶了大兵前去，到底幹嗎呢？』周老他聽了這話，笑而不答。參將一定要請教。周老爺道：『此事須問統領方知，兄弟同老哥一樣，大家都是奉令差遣，别事一概不知。』參將急了，細想這事一定要問文七爺。文七爺因爲這幾天一直没有好生睡覺，剛才從統領船上站班回來，意思想横在床上打個盹就起身，不料參將纏不清爽，一定要見他。他身無奈，衹得起來相陪。參將便把他拉在一旁，同他細説，問他怎樣辦法可以不叫統領生氣。文七爺的脾氣一向是馬馬虎虎的，一句話便把他問住。周老爺見文七爺回答不出，忽然心生一計，仍舊自己出來同他講，説這件事須問統領的跟班曹二爺才曉得。參將道：『那裏去找他呢？』周老爺道：『容易。』立刻叫他自己管

了出來。胡統領定要將他們正法。幸虧周老爺明白，連忙勸阻。胡統領吩咐帶在轎子後頭，回城審問口供再辦。正在說話之間，前面莊子裏頭已經起了火了。不到一刻，前面先鋒大隊都得了信，一齊縱容兵丁搜擄搶劫起來，甚至洗滅村莊，奸淫婦女，無所不至。胡統領再要傳令下去阻止他們，已經來不及了。當下統率大隊走到鄉下，東南西北，四鄉八鎮，整整兜了一個大圈子。

胡統領因見沒有一個人出來同他抵敵，自以爲得了勝仗，奏凱班師。將到城門的時候，傳令軍士們一律擺齊隊伍，鳴金擊鼓，穿城而過。當他轎子離城還有十里路的光景，府、縣俱已得了捷報，一概出城迎接。此時胡統領滿臉精神，自以爲曾九帥克復南京也不過同我一樣。見了府、縣各官，他老亦祇得下轎，走到接官亭裏，把自己戰功敘述兩句。本府意思想請統領大人到本府大堂，擺宴慶功；胡統領意思一定要回到船上。本府拗他不過，祇得跟他又兜了一個大圈子，仍送他到城外下船。所有的隊伍統通擺齊在岸灘上，足足擺了好幾里路的遠，統領轎子一到，一齊跪倒在地，吶喊作威。少停升炮作樂，把統領送到船上。

下轎進艙。接連着文武大小官員，前來請安稟見。統領送客之后，一面過癮，一面吩咐打電報給撫臺：先把土匪猖獗情形，略述數語；後面便報一律肅清，好爲將來開保地步。電報發過，他老的煙癮亦已過足，先在岸灘上席棚底下擺設香案，自己當先穿着行裝，率領隨征將弁望闕叩頭謝恩已畢，然后回船受賞。諸事停當，先傳令：「每棚兵丁賞羊一隻，豬一頭，酒兩罈，饅頭一百個。」各兵丁由哨官帶領着在岸上叩頭謝賞。

一面船上吩咐擺席，一切早由首縣辦差家人辦理停當。一溜十二隻「江山船」，整整擺了十二桌整飯，仍舊是統領坐船居中，隨員及老夫子的船夾在兩旁，餘外全是首縣辦的。其時已有初更時分，船頭上，艙裏頭，點的蠟燭輝煌，照耀如同白晝。「江山船」的窗戶是可以挂起來的。十二隻船統通可以望見，燈紅酒綠，甚是好看。一聲擺席，一個知府，一個參將，一齊換了吉服進艙，替統領定席。吹手船上吹打細樂。胡統領見各官進來，不免謙讓了一回，口稱：「今日之事，我們仰托着朝廷洪福，得以成此大功，極應該脫略儀注，上下快樂一宵。

況且這船又是兄弟的坐船，諸位是客，兄弟是主，衹有兄弟敬諸位的酒，那有反勞諸位的道理。』知府道：『今日是替大人慶功，理應大人首座，卑府們陪坐。』胡統領一定不肯。又要諸位寬章，諸位衹好遵命。於是又請了兩位老夫子過來。原定五個人一席，胡統領又叫請周老爺，説一切調度都是他一人之功，一定要他坐首位。周老爺見本府在座，不敢僭越，仍舊坐了第五位。餘下黄、文二位隨員亦在隔壁船上坐定。一霎時十二隻船都已坐滿，不必細述。

單説當中一隻船上，六個人剛剛坐定，胡統領已急不可耐，頭一個開口就説：『我們今日非往常可比，須大家盡興一樂。』府裏、營裏衹答應『是，是』。統領眼睛望好了趙不了，知道他年輕好玩，意思想要他開端，齊巧碰着他一肚皮的心事。他此刻身子雖然陪着東家吃酒，一心想到蘭仙，又想到蘭仙死的冤枉，心上好不凄慘，肚皮裏尋思：『倘若此時蘭仙尚在，如今陪了東家一塊喫酒，是走了明路的，何等快活，何等有趣！——偏偏他又死了！』想到這裏，不禁掉下泪來；又怕人看見，衹好裝做眼睛被灰迷住了，不住的把手去揉，幸而未被衆人看破。當下胡統領張羅了半天，無人答腔，覺着很没意思。還虧周老爺聰明，看出苗頭，暗地裏把黄老夫子拉了一把，爲他年紀大些，臉皮厚些，人家講不出的話他都講得出，所以要他先開口。他果然會意，正待發言，齊巧龍珠在中艙門口招呼夥計們上菜，黄老夫子便趁勢説道：『龍珠姑娘彈的一手好琵琶，錢塘江裏没有比得過他的。』胡統領道：『不錯，不錯，你老夫子是愛聽琵琶的。』黄老夫子道：『好琵琶人人愛聽。今天不比往常，極應該脱略形迹，煩龍珠姑娘多彈兩套，替統領大人多消幾杯酒。』胡統領道：『今日是與民同樂。兄弟頭一個破例，叫龍珠上來彈兩套給諸位大人、師爺下酒。』龍珠巴不得一聲，趕忙走過來坐下，跟手鳳珠亦跟了進來。胡統領一定要在席人統通叫局。本府、參將各人叫了各人相好；周老爺仍舊叫了小把戲招弟；黄老夫子不叫局，胡統領倒也不勉强他一定要叫。末了臨到趙不了，胡統領道：『今天是先生放學生，準你開心一次。你叫那個？』趙不了回説：『没有。』胡統領一定要他叫。他一定不叫。胡統領心上很怪他：『背地裏作樂，當面假撇清，這種不配擡舉的，不該應叫他上臺況且這船又是兄弟的坐船，諸位是客，兄弟是主，祇有兄弟敬諸位的酒，那有反勞諸位的道理。」胡統領道：「今日是替大人餞行，理應大人首座，卑府們陪坐。」胡統領一定不肯。又要諸位寬章，諸位祇好遵命。於是又請了兩位老夫子過來。原定五個人一席，胡統領又叫請周老爺，說「切不可辜負了他一人之功，一定要他坐首位。」周老爺見本府在座，不敢僭越，仍舊坐了第五位。餘下黃、文二位隨員亦在隔壁船上坐定。一霎時十二隻船都已坐滿，不必細述。

單說當中一隻船上，六個人剛剛坐定，胡統領已急不可耐，頭一個開口就說：「我們今日非往常可比，須大家盡興一樂。」一府裏營裏祇答應一聲「是」。統領眼睛望好了趙不了，知道他年輕好玩，意思想要他開端，恰巧碰着他一肚皮的心事，他此刻身子雖然陪着東家吃酒，一心想到蘭仙死的冤枉，心上好不淒慘，肚皮裏尋思：「倘若此時蘭仙尚在，如今除了東家，一定是要走了明路的，何等快活，何等有趣！──偏偏他又死了！」一想到這裏，不禁掉下淚來；又怕人看見，祇好裝做眼睛發花迷住了，不住的把手去揉，幸而未被衆人看破。當下胡統領直鬧了半天，無人答腔，覺着很沒意思。還虧周老爺聰明，看出苗頭，暗地裏把黃老夫子拉了一把，為他年紀大些，臉皮厚些，人家講不出的話他都講得出，所以要他先開口。他果然會意，正待發言，恰巧龍珠在中艙門口招呼夥計們上菜，黃老夫子便趁勢說道：「龍珠姑娘彈的一手好琵琶，錢塘江裏沒有比得過他的。」胡統領道：「不錯，不錯，你老夫子是要聽琵琶的。」黃老夫子道：「好琵琶人人愛聽。今天不比往常，極應該脫略形迹，煩龍珠姑娘彈兩套，替統領大人多消幾杯酒。」胡統領道：「今日是與民同樂，兄弟頭個破例，叫龍珠上來彈兩套給諸位大人、師爺下酒。」龍珠巴不得一聲，趕忙走過來坐下，跟手鳳珠亦跟了進來。胡統領一定要在席人統通叫局。本府、參將各人叫了各人相好；周老爺仍舊叫了小把戲招弟；黃老夫子不叫局，胡統領倒也不勉強他，一定要叫。末了叫到趙不了，胡統領道：「今天是先生做學生，准你開心一次。你叫那個？」趙不了回說：「沒有。」胡統領一定要他叫，他一定不叫。胡統領心上很怪他：「背地裏作樂，當面假撇清，這種不配擡舉的，不該應叫他上臺盤。』心上如此想，面色就很不好看。那裏曉得他一腔心事，滿腹牢騷，他正在那裏難過，那裏還有心腸再叫別人呢。當下胡統領便不去睬他，忙着招呼隔壁船上文七爺等統通叫局。此時蘭仙已死，玉仙無事，仍舊做他的生意，文七爺於是仍把他叫了來。趙不了隔着窗户看見了玉仙，想起他妹妹，他心上更是説不出的難過。一霎時局都叫齊，豁過了拳，龍珠便抱着琵琶，過來請示彈甚麼調頭。本府大人在行，説道：『今天是統領大人得勝回來，應該彈兩套吉利曲子。』衆人齊説一聲『是』。本府便點一套『將軍令』，一套『卸甲封王』。胡統領果然非常之喜。一霎時琵琶彈完，本府、參將一齊離座前來敬統領的酒，齊説：『大人卸甲之后，指日就要高昇，這杯喜酒是一定要吃的。』胡統領道：『要喜大家喜。兄弟回來就要把今天出力的人員，稟請中丞結結實實保舉一次，幾位老兄忙了這許多天，都是應該得保的。』本府、參將聽到此言，又一齊離位請安，謝大人的栽培。

這裏衹圖説的高興，不隄防右首文七爺船上首縣莊大老爺正在那裏喫酒，看見大船上本府、參將一個個離座替統領把盞，莊大老爺也想討好，便約會了在桌的幾個人，正待過船敬統領的酒。一隻脚才跨出艙門，忽見衙門裏一個二爺，氣吁吁的，跑的滿頭是汗，跨上跳板，告訴他主人説道：『老爺不好了！』莊大老爺一聽大驚，忙問：『姨太太怎麼樣了？』那二爺道：『不是姨太太的事。西北鄉裏來了多多少少的男人、女人，有的頭已打破，渾身是血，還有女人扛了上來，要求老爺伸冤。』莊大老爺道：『甚麼事情，難道又被土匪打劫了不成？』二爺道：『並不是土匪，是統領大人帶下來的兵勇，也不知那一位老爺帶的，把人家的人也殺了，東西也搶了，女人也强奸了，房子也燒完了，所以他們趕來告狀。』莊大老爺一聽這話，很覺爲難。剛巧這兩天姨太太已經達月，所以一見二爺趕來，還當是姨太太養孩子出了甚麼岔子，后來聽説不是，才把一條心放下。但是鄉下來了這許多人，怎麼發付？統領正在高興頭上，也不便去回。到底他是老州縣，見多識廣，早有成竹在胸，便問二爺道：『究竟來了多少人？』二爺道：『看上去好像有四五十個。』莊大老爺道：『你先回去傳我的話：他們的冤枉我統通知道，等我回過統領大人，一定替他們伸冤，叫他們不要羅唣。」

二爺去后，并大老爺才同文七爺等到統領船上，挨排敬酒。胡統領還說了許多灌米湯的話。并大老爺答應着，又謝過統領，仍回到隔壁船上，卻把二爺來說的話，一句未向統領說起。等到席散，在席的官員一個個過來謝酒，干、把、外委們一齊站在船頭上攏齊了請安，兩位老夫子祇作了一個揖。胡統領送罷各客，轉回艙內，便見貼身曹二爺走上來，把鄉下人來城告狀的話說了一遍。胡統領道：「怕他什麼！如果事情要緊，首縣又不是木頭，爲什麼剛才臺面上一聲不言語？要你們大驚小怪！」曹二爺碰了釘子，不敢作聲，趔趄着退了出去。此時周老爺已回本船，胡統領又叫人把他請了過來，告訴他剛才曹二爺的話。周老爺心中明白，聽了着實擔心，不敢言語。

胡統領又要同他商量開保案的事，誰是「尋常」，誰是「異常」，誰該「隨折」，誰歸「大案」，斟酌定了，好稟給中丞知道。當下周老爺自然謙讓了一回，說道：「這個恩出自上，卑職何敢參預。」胡統領道：「你老哥自然是異常，一定要求中丞隨折奏保，這是不用說的了。其餘的呢？」周老爺見統領如此器重，趕忙謝栽培之恩，不便過於推辭，肚皮裏略爲想了一想，便保舉了本府、參將、首縣、黃丞、文令、趙管帶、魯幫帶，統通是異常勞績。胡統領看了別人的名字還可，獨獨提到文七爺，他心上總還有點不舒服，便說：「自己帶來的人一概是異常，未免有招物議。我想文令年紀還輕，不大老練，等他得個尋常罷。本地文武沒有出甚麼大力，何必也要異常？」周老爺同文七爺交情本來不甚厚，聽了統領的話，祇答應了一聲「是」。後來見統領又要把當地文武抹去，他便獻策道：「大人明鑒：這件事情是瞞不過他們的。他們倒比不得文令可以隨隨便便，總求大人格外賞他們個體面，堵堵他們的嘴。這是卑職顧全大局的意思。」胡統領一聽這話不錯，便說：「老哥所見極是，兄弟照辦。有這幾個隨折的，也盡夠了。隨折不比別的，似乎不宜過多。倘若我們開上去被中丞駁了下來，倒弄得沒有意思，所以要斟酌盡善。」周老爺連忙答應幾聲「是」。又接着說道：「別人呢，卑職也不敢濫保，但是同來的兩位老夫子，辛苦了一趟，齊巧碰着這個機會，也好趁便替他們弄個功名。這裏頭應該怎樣，但憑大人作主，卑職也不敢妄言。此外還有大人跟前幾個得力的管家，卑職問過他們，功牌、獎札，也統通得過的了。此番或者外委、千、把，求大人賞他們一個功名，也不枉大人提拔他們一番的盛意。』胡統領道：『老夫子呢，再談。至於我這些當差的，就是有保舉，也祇好隨着大案一塊兒出去。兄弟現在要緊過癮，就請老哥今天住在兄弟這邊船上，替兄弟把應保的人員，照剛才的話，先起一個稿，等明天我們再斟酌。』説完之后，龍珠便上前替統領燒烟。

周老爺退到中艙，取出筆硯，獨自坐在燈下擬稿。一頭寫，一頭肚裏尋思，自己還有一個兄弟，一個内弟：兄弟已經捐有縣丞底子，内弟連底子都没有。意思想趁這個擋口弄個保舉，諒來統領一定答應的。祇要他答應，雖説内弟没有功名，就是連忙去上兑，倒填年月，填張實收出來，也還容易。正在尋思，龍珠因見統領在烟鋪上睡着了，便輕輕的走到中艙，看見周老爺正在那裏寫字呢，龍珠趁便倒了碗茶給他。周老爺一見龍珠，曉得他是統領心上人，連忙站起來説了聲：『勞動姑娘，怎麽當得起呢！』龍珠付之一笑。便問周老爺還不睡覺，在這裏寫甚麽。周老爺便趁勢自己擺闊，説道：『我寫的是各位大人、老爺的功名，他們的功名都要在我手裏經過。』龍珠便問：『爲什麽要在你手裏經過？』周老爺道：『今天統領到這裏打土匪，他們這些官跟着一塊出征打仗，現在土匪都殺完了，所以一齊要保舉他們一下子。』龍珠道：『什麽叫土匪？』周老爺道：『同從前「長毛」一樣。』龍珠道：『我們在路上不是聽見船上人説，並没有甚麽「長毛」嗎？』周老爺道：『怎麽没有，一齊藏在山洞子裏；如果不去滅了他們，將來我們走後，一定就要出來殺人放火的。』龍珠聽了，信以爲真。又問道：『府大人、縣裏老爺不統通都是官嗎？還要升到那裏去？』周老爺道：『縣裏升府裏，府裏升道臺，升了道臺就同統領一樣。』龍珠道：『剛才我聽見你同大人説甚麽曹二爺也要做官。他做甚麽官？』周老爺道：『這些人也没有甚麽大官給他們做，不過一家給他們一個副爺罷了。』龍珠道：『你不要看輕副爺，小雖小，到底是皇上家的官，勢力是大的。我們在江頭的時候，有天晚上，候潮門外的盧副爺上船來擺酒，一個錢不開銷還罷了，又説是嫌菜不好，一定要拿片子拿我

爸爸往城裏送。後來我們一船的人都跪着向他磕頭求情，又叫我妹妹鳳珠陪了他兩天，才算消了氣：真正是做官的利害！』

周老爺道：『統領大人常常说鳳珠還是個清的，照你的話，不是也有點靠不住嗎？』龍珠道：『我們吃了這碗飯，老實说，那有什麼清的！我十五歲上跟着我娘到過上海一趟，人家都叫我清倌人。我肚裏好笑。我想我們的清倌人也同你們老爺們一樣。』周老爺聽了詫异道：『怎麼说我們做官的同你們清倌人一樣？你也太糟蹋我們做官的了！』龍珠道：『周老爺不要動氣，我的話還没有说完，你聽我说：秖因去年八月裏，江山縣錢大老爺在江頭雇了我們的船，同了太太去上任。聽说這錢大老爺在杭州等缺等了二十幾年，窮的了不得，連甚麼都當了，好容易才熬到去上任。他一共一個太太，兩個少爺，倒有九個小姐。大少爺已經三十多歲，還没有娶媳婦。從杭州動身的時候，一家門的行李不上五擔，箱子都很輕的。到了今年八月裏，預先寫信叫我們的船上來接他回杭州。等到上船那一天，紅皮衣箱一多就多了五十幾隻，别的還不算。上任的時候，太太戴的是鍍金簪子；等到走，連奶小少爺的奶媽，一個個都是金耳墜子了，錢大老爺走的那一天，還有人送了他好幾把萬民傘，大家一齊说老爺是清官，不要錢，所以人家才肯送他這些東西。我肚皮裏好笑：老爺不要錢，這些箱子是那裏來的呢？來是甚麼樣子，走是甚麼樣子，能够瞞得過我嗎？做官的人得了錢，自己還要说是清官，同我們吃了這碗飯，一定要说清倌人，豈不是一樣的嗎？周老爺，我是拿錢大老爺做個比方，不是说的你，你老人家千萬不要動氣！』周老爺聽了他的話，氣的一句話也说不出，倒反朝着他笑。歇了半天，才说得一句：『你比方的不錯。』

龍珠又問道：『周老爺，這些人的功名都要在你手裏經過，我有一件事情拜托你。我想我吃了這碗飯，也不曾有甚麼好處到我的爸爸。我想求求你老人家替我爸爸寫個名字在裏頭，秖想同曹二爺一樣也就好了。將來我爸爸做了副爺，到了江頭，城門上的盧副爺再到我們船上，我也不怕他了。』周老爺聽了此言，不覺好笑，一回又皺皺眉頭。龍珠又釘着問他：『到底行不行？』一定要周老爺答應。周老爺拿嘴朝着耳艙裏努，意思想叫他同統領去说。龍珠尚未答話，秖聽得耳艙

裏胡統領一連咳嗽了幾聲，龍珠立刻趕着進去。欲知後事如何，且聽下回分解。

第十五回 老吏斷獄着着争先 捕快查贓頭頭是道

話说龍珠走進耳艙，看見胡統領已醒，連忙倒了一碗茶；胡統領喝過之后，龍珠又拿了一支烟袋，坐在床沿上替他裝烟。一面裝烟，一面閑談，就講到保舉一事。龍珠撒嬌撒痴，一定要大人保他爸爸做副爺。胡統領恐怕人家说閑話，不肯答應。禁不住龍珠一再軟求，統領弄得没法，便指引他叫他去求周老爺。龍珠道：『周老爺不答應，才叫我來找你的。』胡統領道：『剛才他不答應，包管你再去找他，他一定答應。』龍珠道：『我不管，我見了周老爺，我祇说你叫我说的。』胡統領把臉一沉道：『你别瞎鬧！』说完這句，他老人家仍舊睡下。

龍珠恐怕耽誤他爸爸的功名大事，仍舊走到外艙找周老爺，誰知這個檔口，一個中艙人都擠滿的了：有幾個是船上的哨官、幫帶，其餘的便是統領的跟班、厨子，一齊在那裏圍着周老爺講話。因爲統領睡了覺，不敢高聲，都凑上去同周老爺咬耳朵。祇見周老爺有的點點頭，有的摇摇頭，也不知说些甚麽。又見厨子給周老爺打千。等到這些人退去，船頭上又站了不少的人。周老爺摇手，叫他們不要進來，怕驚退去，船頭上又站了不少的人。周老爺擺手，叫他們不要進來，也讓有的搖搖頭，也不知說些甚麼。又見厨子給周老爺打千。等到這些人睡了覺，不敢高聲，都湊上去同周老爺咬耳朵。祇見周老爺有的點頭，餘的便是綠頭的跟班，厨子，一齊在那裏圍着周老爺講話。因為綠頭這個檔口，一個中艙人都擠滿的了：有幾個是船上的唱官，幫帶，其

龍珠那怕耽誤他爸爸的功名大事，仍舊走到外艙找周老爺，誰知周老爺把臉一沉道：「你別胡鬧！」說完這句，他老人家仍舊擠下。他一定答應。」龍珠道：「我不管，我見了周老爺，我祇說你叫我說的。」才叫我來找你的。」胡統領道：「倘若他不答應，包管你再去找他，領弄得沒法，便指引他叫他去求周老爺。龍珠道：「周老爺不答應，周爺。」胡統領恐怕人家說閒話，不肯答應。禁不住龍珠一再軟求，纔一面開銷，就講到保舉一事。龍珠撒嬌撒痴，一定要大人保他爸爸做過之後，龍珠又拿了一支煙袋，坐在床沿上替他裝煙。一面裝煙，

話說龍珠走進耳艙，看見胡統領已醒，連忙倒了一碗茶，胡統領

第十五回　老吏斷獄著著爭先　捕快查贓頭頭是道

裏，胡統領一連咳了幾聲，龍珠立刻趕着進去。欲知後事如何，且聽下回分解

了統領的駕；他們雖然不敢進來，却是不肯散去。周老爺叫把艙門關上。龍珠方又上來求他。周老爺也懂得這裏頭的機關，樂得在統領面上討好，便應允了。等到稿子擬好，天已大亮了。船上的烏龜格外巴結，特地熬了一鍋稀飯，備了四碟小菜，請他到後梢頭去吃。龍珠又到前艙裏，聽了聽統領正在好睡的時候，便回來同周老爺説道：『大人一時還不會醒。周老爺你整整辛苦了兩天兩夜，就在這船上歇歇，打個盹罷。』周老爺道：『我真的熬不住了！』説完此句，果然就在船老闆的床上躺下了。龍珠替他拿被蓋好。老闆説天冷得很，自己又從櫃子裏取出一條毯子，給他蓋上。周老爺連忙客氣，還説：『你如今保舉了官了，我們就是同寅了，怎麼好勞動你呢？』老闆道：『老爺説那裏話來！小人不是托着你老人家的福，那裏來的官做呢。』周老爺到底辛苦了兩天兩夜，實在撑不住，一上床就朦朧睡去。等到一覺困醒，已經是一點鐘了。趕緊起身，洗了一把臉，就拿擬的稿子送給胡統領瞧。胡統領正躺在被窩裏過癮，一手接過稿子，一面嘴裏説：『費心得很！』等到過足了癮，打開稿子一看，頭一張便是辦剿土匪，一律肅清的詳細稟稿；連着稟請隨折奏保的幾個銜名；其餘的衹開了幾張横單，等到善后辦好再稟上去，此時不過先把大概應保人員斟酌出一個底子，以便隨后增添。胡統領看過無話，便命先將稟帖繕發；又叫把周老爺的名字擺在頭一個。周老爺答應着，出來照辦不題。

且説建德縣知縣莊大老爺自在統領船上赴宴之后，辭别進城。一到衙前，果見人頭擁擠；剛才進得大門，便有無數鄉民跪在轎旁，叩求伸冤。莊大老爺一見這個樣子，立刻下轎，親自去攙扶爲首的兩個耆民。不等他們開口，自己先説：『這些兵勇實在可惡得很！我已經稟過統領，一定要正法幾個，把人頭號令在你們莊子上，才好替你們出這口氣。』莊大老爺一頭走，一頭説，走到大堂，隨即坐下。此時通班衙役兩旁站齊，大堂上燈籠火把照耀如同白晝。莊大老爺坐定之後，告狀的一班鄉民，把個大堂跪的實實足足。莊大老爺皺着眉頭，哭喪着臉，向底下説道：『我想你們這些百姓真可憐呀！本縣是一縣的父母，你們都是本縣的子民：天下做兒子的受了人家欺負，那做父母的心上焉有不痛之理！今日之事，不要説你們來到這裏哀求我替你說完之後，又告訴他：「老哥的銜名已經稟請中丞隨折奏獎。」莊大老爺不禁大笑起來，連說：「甚好，甚好！老哥如此費心，兄弟感激得很！」起先統領祇是拉長著耳朵聽他講話；後來漸漸的面有喜色；臨到末了，統領問：「有何辦法？」莊大老爺便如此如此，這般這般，說了一遍。管辦下人告不出。大人這裏也不用辦一個人，自然可以無事。」胡統爺見統領爲難，樂得趁勢賣好，便說：「這件事情卑職已有辦法，包家人曹升來說的話並不是假，心上甚不快活，半天沒有言語。莊大老先行禮謝過昨天的酒，然後歸坐，慢慢的講到公事。莊大老爺便把昨天晚上的事，稟陳了一遍，又說：「昨天晚上卑職在船上，就得到這個信息，恐怕不確，所以沒有敢回。」胡統領一聽他言，方想起昨日等到兩點多鐘，船上傳話下來，吩咐說「請」。莊大老爺上船見了統領，吃過飯再來。偏偏又有人來說，統領已經睡醒，祇好等著傳見。一等老爺在官廳裏，一直等到一點半鐘，肚裏餓的難過，意思想轉回衙門，到城外面回統領。其時統領正在好睡的時候，管家又不敢喊他。莊大日一早，先上府裏，稟明此事。府大人聽了甚是躊躇，想了一回，叫他先

各等語。等到告示發出，莊大老爺方才回到上房，打了一個盹。次其到縣指控。審明之后，即以軍法從事，決不寬貸。」

不法勇丁，騷擾百姓，所以而論本縣：倘有前項情事，證據確鑿，准「統領軍令森嚴。此番帶兵剿辦土匪，原爲除暴安良起見。深恐寫好發貼。告示上寫的是：

莊大老爺退堂之后，不做別的，立刻擬就一道招告的告示，連夜不置。

你們看。」衆鄉民又一齊叩頭謝大老爺的恩典，一齊下來，歌功頌德一早，本縣好據你們的狀子到船上問統領要人，立刻正法，當面辦給誰家婦女被人強奸，誰家房子被火燒掉，細細的補個狀子上來。明日得這事容易了結，便說：「你們先下去商量商量，誰人被殺，誰家被搶，正是青天大老爺！也不用小人們再說別的了。」莊大老爺聽到這裏，曉父母！曉得衆子民的苦處！你老的話，都是衆子民心上的話，真未說完，堂下跪的一班人一齊都叫：「青天大老爺，真正是小人們的們申冤，就是你們不來，本縣亦是一定要辦人的。」莊大老爺的話還

老爺立刻又請安謝過保舉，然后辭別。

坐轎回到衙中，傳齊三班衙役，立刻就要升堂理事。又叫人知會城守營，擺齊隊伍，前來助威。諸事停當，然后莊大老爺升坐公案，把一干人提到案前審問。莊大老爺一見這班人，仍舊做出一副愁眉苦臉的情形，對這些人说道：『本縣想這些兵勇真正可惡！一定今天要正法兩個，好替你們伸冤。所有被害的人家，本縣已經稟明統領，一概捐廉從豐撫恤。你們的狀紙想都已寫好的了，先拿來我看，好拿錢分給你們。』衆人一聽，又有錢給他們，又替他們伸冤，真正是個青天大老爺，又連連磕頭稱頌不迭。於是齊把那狀子呈上。莊大老爺看過之后，便吩咐左右道：『照這狀子上，趙大房子燒掉，又打死一個小工，頂頂吃虧，應該撫恤銀五十兩。』立刻堂上發下一錠大元寶。趙大拿着歡喜，衆人望着眼熱。下餘錢二、孫三、李四、周五、吴六、鄭七、王八，也有三、四十兩的，也有十兩、八兩的。莊大老爺見幾個頂吃虧的都已敷衍完畢，便指着一個人说道：『你说你的老婆、女兒被人强奸，這事情頂大，審問明白，立刻當面拿人殺給你看。但是一樣：這件事情人命關天，究竟那一個强奸你的老婆，那一個强奸你的女兒，你須認明，不可亂指。你老婆、女兒帶來了没有？』這人道：『昨天就同了來的。』莊大老爺道：『很好。你老婆不用说，等到把你女兒驗過，我就立刻辦人。』那人聽了無話，莊大老爺道：『從來打官司頂要緊的是證見，有了證見，就可辦人。你們的狀子已在這裏，誰是證見，快去想來。不但這個須得證見，趙大的小工被兵打死，究竟是誰的凶手，亦要查個明白；房子被燒，亦得有人放火。你們快快查出人頭，我老爺立刻等着辦呢。』衆人聽了，面面相覷，一句對答不上。老爺便说：『你們暫且下去，想想再來，或者一時忘記也論不定。』衆人退下，七嘴八舌，議了半天，畢竟未曾说出一個人來。那個女兒被人家强奸的，聽说要驗，尤其不肯。因此鬧了半天，竟其不能重新上堂稟復。

且说莊大老爺所擬的招告告示貼出之後，四鄉八鎮得了這個風聲，那些被害人家誰不想來告狀，半日之間，衙前聚了好幾百人，爲首的還是兩個武秀才，鬧烘烘的一齊要見本官。莊大老爺得信之后，知道老爺立刻又請安謝過保舉，然后辭別。坐轎回到衙中，傳齊三班衙役，立刻就要升堂理事。又叫人知會城守營，擺齊隊伍，前來防護。諸事停當，然后并大老爺升坐公案，把一干人提到案前審問。并大老爺一見這班人，仍舊做出一副愁眉苦臉的情形，對這些人說道：「本縣想這些兵勇真正可惡！一定今天要正法兩個，好替你們伸冤。所有被害的人家，本縣已經稟明統領，一概捐廉從豐撫恤，你們的狀紙想都已寫好的了，先拿來我看，好拿錢分給你們。」衆人一聽，又有錢給他們，又替他們伸冤，真正是個青天大老爺，又連連稱頌不迭。於是齊把那狀子呈上。并大老爺看過之后，便吩咐左右道：「照這狀子上，通大房子燒掉，又打死一個小工，頂頂吃虧，應該撫恤銀五十兩。」立刻當堂發下一錠大元寶。[illegible]大家看着，衆人望着眼熱。下餘錢二、孫三、李四、周五、吳六、鄭七、王八，也有三、四十兩的，也有十兩、八兩的。并大老爺見個頂吃虧的都已撫卹完畢，便指着一個人說道：「你說你的老婆，女兒被人強奸，這事情頂大，審問明白，立刻當面拿人殺給你看。但是

一樣，這件事情人命關天，究竟那一個強奸你的老婆，那一個強奸你的女兒，你須認明，不可亂指。你老婆、女兒帶來了沒有？」一直大道：「一件天就同了來的。」并大老爺道：「很好，你老婆不用說，等到把你女兒傳進，我就立刻辦人。」那人聽了無語，并大老爺道：「從來打官司頂要緊的是證見，有了證見，就可辦人，你們的狀子已在這裏，誰是證見，快去想來。不但這個須得證見，這大的小工被兵打死，究竟是誰的凶手，亦要查個明白，房子被燒，亦得有人放火。你們快快直出人頭，我老爺立刻拿着辦呢。」衆人聽了，面面相覷，一句對答不上，老爺便說：「你們暫且下去，想想再來，或者一時忘記也論不定」衆人退下，七嘴八舌，議了半天，畢竟未曾說出一個人來。那個文兒被人家強奸的，聽說要驗，尤其不肯。因此鬧了半天，說其不能重新上堂[illegible]候。

且說出大老爺所擬的招告告示貼出之後，四鄉八鎮得了這個風聲，那些讀書人家誰不想來作狀，半日之間，齊齊的來了好幾百人，爲首的還是兩個武秀才，同與我的一齊要見本官。并大老爺得信之后，知道

人多難以理喻，便吩咐開了中門，請這兩位武秀才內庭相見。起先這兩個武秀才仗着人多，都是雄赳赳，氣昂昂，好像有萬夫不當之勇；及至聽到一聲『請』，又見本府衣冠迎接出來，大堂兩邊，自外至內，重重叠叠，站立着無數營兵、衙役，到了此時，不覺威風矮了一半。衆人見他兩位尚且如此，大家也無甚説得。跟了進來，一齊站在大堂院子裏，不敢多説一句話。莊大老爺把兩個武秀才迎了進去。他兩個見了父母官，不敢不下跪磕頭，起來又作了一個揖。莊大老爺奉他兩位炕上一邊一個坐下，茶房又奉上茶來。弄得他二人坐立不安，手足無措，不知如何是好。想要説話，不知從那裏説起。那個坐首座的不覺索索的抖了起來。莊大老爺不等他開口，依舊做出他那副老手段來，咬牙切齒，罵這些兵丁傷天害理，又咳聲嘆氣，替百姓呼冤。兩個武秀才聽了，直覺他倆心上要説的話，都被大老爺替他們説了出來，除掉諾諾稱是之外，更無一句可以説得。莊大老爺立刻逼着：『快快出去查明受害的百姓，趕緊指出真凶實犯，本縣立刻就要辦人！』兩個武秀才坐在上面實在難過，巴不得一聲，馬上辭別下來。莊大老爺仍舊送到二門。他倆會到衆人，正在商議辦法；又會見剛才過堂下來的一班人，彼此見面，提及前事，亦因不能指出人名，不能回復。正在爲難的時候，裏頭知縣又挂出一扇牌來。衆人擁上去看，無非又是催促他們趕緊查齊人證，以便從嚴懲辦的一派話語。衆人看了，真正滿肚皮冤枉，却是尋不着對頭。而且人命關天，非同兒戲；倘若冤枉了人，做了鬼要來討命，那却更不是玩的：因此又議了半天，仍舊是一無頭緒。

一霎時又聽得裏面傳呼伺候老爺升坐，要提先來的一班人審問。衆人無奈，衹得仍到堂上跪下。莊大老爺便换了一副嚴厲之色，催問他們：『查出人頭没有？有無證見？』衆人你看看我，我看看你，仍然是無辭以對。莊大老爺便發話道：『本縣愛民如子，有意要替你們伸冤，怎麽倒來欺瞞本縣？這還了得！現在你們的狀子都在本縣手裏，已經禀過統領。統領問本縣要證見，本縣就得問你們要人。你們還不出人來，非但退回剛才發給你們的撫恤銀子，還要辦你們反告的罪。你們想想：殺人放火，强奸婦女，是個什麽罪名！你們有幾個腦袋？

已經有冤沒處伸，如今還經得起再添這們一個罪名嗎？本縣看你們實在可憐得很，怎麼不弄明白就來告狀？」衆人一齊磕頭，沒有話説。莊大老爺衹是逼着他們快説，叫他們趕緊指出人頭，無奈衆人衹是説不出。莊大老爺發狠道：『你們到底怎樣？若照這個樣子，叫本縣怎麼回復統領呢！現在衹有一條路，要你們指出人頭，立時三刻正法；除了這一條，就得辦你們誣告。』衆人聽得如此説，一齊跪在地下求饒。莊大老爺見他們害怕，越發得計。一回説，要解他們到統領船上去；一回又説，既然沒有憑據，剛才的銀子都不該領，要他們一齊退出來。衆人不肯，衹是哭哭啼啼的在地下磕頭。莊大老爺道：『我想你們這些人，可憐呢果然可憐，然而又可恨之極！既要伸冤，爲甚麼不指出真凶實犯，等我辦給你看？現在弄得有冤沒處伸，還落一個誣告的罪名！幸而本縣曉得你們的苦處，若是換了別人，你們今天闖的這個亂子可不小！現在你們想怎麼樣？説了出來，本縣替你作主。』衆人道：『小的們還有甚麼説得！小的是大老爺的子民，衹要大老爺痛顧小的們一點，就是小人們重生父母了。』莊大老爺聽了，也不言語，皺了一回眉頭，方説道：『這事叫我也爲難。現在放你們容易，但是統領跟前我要爲你們受不是的。』衆人衹是磕頭無話。

莊大老爺又問：『房子燒掉，小工殺掉，東西搶掉，可是真的？』衆人道：『是真。』又問：『强奸婦女可是真的？』那個老婆、女兒被兵强奸的人，衹是淌眼泪，不敢回答。莊大老爺道：『現在我衹有一個法子，給你們開一條生路，非但不辦反告的罪，還可以安安穩穩得幾兩撫恤銀子。』衆人一聽大老爺如此開恩，又一齊磕頭。莊大老爺道：『這些事情本縣知道全是兵勇做的，但是沒有憑據怎麼可以辦人？現在要替你們開脱罪名，除非把這些事情一齊推在土匪身上。你們一家换一張呈子，衹説如何受土匪糟蹋，來求本縣替你們伸冤的話。再各人具一張領紙，寫明領到本縣撫恤銀子若干兩。本縣就拿着你們這個到統領跟前替你們求情。倘若求得下來，是你們的造化；求不來，亦是沒法的事。』衆人説：『大老爺替我們去求統領大人，是沒有不準的。』莊大老爺道：『那亦看罷了。但是一樁：你們遭了土匪的害，統領替你們打平了土匪，你們做百姓的也總得有點道理。』衆人還當

是統領要錢，一齊哭着説道：『小人們遭了土匪，一家家破人亡，那裏還有錢孝敬統領大人！求大老爺開恩！』莊大老爺道：『統領大人那裏稀罕你們的錢！臨走的時候孝敬幾把萬民傘，不就結了嗎？一個人能出幾文錢？』衆人聽了，又一齊叩頭，謝過大老爺的恩典，下去改换呈子，並補領狀。

頭一幫人發落已畢，再發落後頭一幫人。後頭一幫人也是没有真憑實據的，看見前頭的樣子早已膽寒。莊大老爺本來也想當堂發落的，因見人多，恐怕滋事，仍舊退堂，叫人把兩位爲首的武秀才叫了進來；又叫這兩個秀才轉邀了十幾個耆民，一齊到大廳相見。兩個秀才見過官的了，幾個耆民見了官都瑟瑟的抖。莊大老爺安慰他們，讓他們坐了講話。當下先對兩個武秀才説道：『今天簡直把本縣氣死！可恨這些人，既要伸冤，又指不出真憑實據。不問張三、李四，你想本縣能够亂殺人嗎？就是本縣肯幫着他們，替他伸冤，怕上頭也不答應；非但不答應，一定還要本縣拿人，辦他們的誣告。你説冤不冤！本縣實在可憐他們，所以才替他們想出一個法子，非但不辦罪，而且每人反可落幾兩撫恤銀子。我亦總算對得住你們建德的百姓了。』兩個秀才齊道：『蒙老父臺這樣，真正是愛民如子。』衆耆民亦不住的稱頌青天大老爺。

莊大老爺方才言歸正傳，問兩個秀才道：『你二位身入黌門，是懂得皇上家法度的。今番來到這裏，一定拿到了真凶實犯，非但替你們鄉鄰伸冤，還可替本縣出出這口氣。』兩個秀才脹紅了面，一句回答不出，坐在那裏着實局促不安。莊大老爺又向幾個耆民説道：『你們幾位都是上了歲數的人，俗語説道，「嘴上無毛，辦事不牢」，像你諸位一定是靠得住，不會冤枉人的了？』豈知幾個耆民，在鄉下時，雖然衆人見了他們惟命是聽；及至他們見了官，亦變成了没嘴葫蘆。莊大老爺説一句，他們答應一句。及至問他究竟，依然是面面相覷，默無聲息。莊大老爺詫异道：『怎麽諸位一聲不響呢？本縣是個性急的人，祇要諸位説出人頭，本縣恨不得立時立刻辦人。』衆人依然無語。莊大老爺故意躊躇了半天，又問了好幾遍，見他們始終不説，莊大老爺才把臉一板道：『這是甚麽事情，也可以鬧着玩的？他人猶可，你是統領要錢，一齊哭著說道：「小人們遭了土匪，一家家被人亡，那裏還有錢孝敬統領大人！求大老爺開恩！」莊大老爺道：「統領大人那裏稀罕你們的錢！臨走的時候孝敬幾把萬民傘，不就結了嗎？一個人能出幾文錢？」一眾人聽了，又一齊叩頭，謝過大老爺的恩典，下去改換呈子，並補領狀。

頭一幫人發落已畢，再發落後頭一幫人。後頭一幫人也是沒有真憑實據的，看見前頭的樣子早已膽寒。莊大老爺本來也想當堂發落的，因見人多，恐怕滋事，仍舊退堂，叫人把兩位為首的武秀才叫了進來；又叫這兩個秀才傳過了十幾個書民，一齊到大廳相見。兩個秀才見過官的了，幾個書民見了官都瑟瑟的抖了講話。當下先對兩個武秀才說道：「今天簡直把本縣氣死！可恨這些人，既要伸冤，又指不出真憑實據，不問張三、李四，你想本縣能夠亂殺人嗎？就是本縣肯寬宥他們，任他們伸冤，怕上頭也不答應；非但不答應，一定還要本縣拿人，辦他們的誣告，你說冤不冤！本縣實在可憐他們，所以才替他們想出一個法子，非但不辦罪，而且每人反可給幾兩撫恤銀子。我亦總算對得住你們貴處的百姓了。」兩個秀才齊道：「老父臺這樣，真正是愛民如子。」一眾書民亦不住的稱頌青天大老爺。

莊大老爺方才言歸正傳，問兩個秀才道：「你二位身入黌門，是懂得皇上家法度的。今番來到這裏，一定拿到了真凶實犯，非但替你們鄉鄰伸冤，還可替本縣出出這口氣。」兩個秀才漲紅了面，一句回答不出，坐在那裏著實局促不安。莊大老爺又向幾個書民說道：「你們幾位都是上了歲數的人，俗語說道，『嘴上無毛，辦事不牢』，像你諸位一定是靠得住，不會冤枉人的了？」豈知幾個書民，在鄉下時雖然眾人見了他們惟命是聽，及至他們見了官，亦變成了沒嘴葫蘆。莊大老爺說一句，他們答應一句。及至問他究竟，依然是面面相覷，默無聲息。莊大老爺詫異道：「怎麼諸位一聲不響呢？本縣是個性急的人，只要諸位說出人頭，本縣恨不得立時立刻辦人。」一眾人依然無語。莊大老爺故意楞了半天，又問了好幾遍，見他們始終不說，莊大老爺才把臉一放道：「這是甚麼事情，也可以鬧著玩的？他人猶可，你二位是有功名的人，誣告一個罪、硬出頭一個罪、聚衆一個罪、吵鬧衙門一個罪。知法犯法，這還了得！』兩個秀才聽到這裏，早已嚇死了，連忙拍落托跪在地下：『求老父臺高抬貴手！武生們是不識字的，不懂得道理。此番回去，一定安分用功；倘有不好事情傳在老父臺耳朵裏，兩椿罪一塊兒辦。』説着，又迭連綳冬綳冬的磕響頭，連着幾個耆民也都跪下了，齊説：『情願叫來的人都回去，求大老爺别動氣！』莊大老爺看了，肚皮裏着實好笑，却忍住不笑。忙用手扶起兩個秀才，叫衆人一齊歸坐。又拿腔做勢，扳談了好半天，凖把幾個耆民開釋無事；兩位秀才暫時留在城裏，聽候統領的示下。衆人感激不盡，却把兩個秀才活活嚇死！莊大老爺又會賣好，向衆人説道：『你們出去先傳諭衆百姓，叫他們各自回家。不日本縣親自下鄉踏勘，果然受了糟蹋，還要撫恤他們。』衆人聽了越發感激。兩個秀才却嚇的面色都發了白了，不覺又一同跪下叩頭求饒。莊大老爺衹是頭朝上仰着天，一手拈着鬍鬚，慢慢的説道：『誣告大事，本縣擔不起這個沉重。』衆人見大老爺如此説法，以爲這事不妙，連忙又一齊跪下，磕頭如搗蒜一般。莊大老爺道：『你們衆位是無知愚民，情有可恕；他二人身入黌門，那有不知王法的道理。本縣並不難爲於他，把他送到學裏，交待老師，且等本縣見過學憲再作道理。』兩個秀才一聽要稟學憲，更嚇得魄散魂飛，恐斥革功名，失了飯碗，因此更哀求不已，衆人又再四環求。莊大老爺一想，架子已經擺足，樂得順水推船；便對幾個耆民道：『百姓的苦處，本縣一概知道，早晚自有撫恤。他們做秀才的人，亟應謹守卧碑，安分守己；現在事不干己，膽敢硬來出頭。他在本縣面前尚且如此，若在鄉下，更不知如何魚肉小民了。所以本縣也要留他在這裏，訪問訪問平時有無劣迹再辦。現在既然是你們一再替他求情，本縣就給你們個面子，暫時交你們帶去。以后本縣要人，必須隨時交到；倘若不交，惟你們是問。但不知你們可能替他做個保人不能？』衆人齊説：『願代具保。』莊大老爺聽了無話。兩個秀才同了衆人又一齊謝過，方才起來。

代書早已伺候現成，立刻就在厢房裏把保狀先寫好。又補了兩個公呈：一個是禀告土匪作亂，環求請兵剿捕；一個是感頌統領督兵剿二位是有功名的人，誰肯一個罪，倒出頭一個罪，聚衆一個罪，吵鬧衙門一個罪，知法犯法，這還了得！"兩個秀才聽到這裏，早已嚇死了，連忙相搭托跪在地下："求老父臺高擡貴手！武生們是不識字的，不懂得道理，此番回去，一定安分用功。倘有不好事情傳在老父臺耳朵裏，兩個書辦一塊兒辦。"一說着，又是連磕冬冬的響頭，連着幾個書民也都跪下了，齊說："情願叫來的人都回去，求大老爺別動氣！"莊大老爺看了，心中反是着實好笑，却忍住不笑，忙用手扶起兩個秀才，一叫衆人一齊歸坐。又拿腔做勢，叹了好半天，纔把幾個書民開釋無事；兩位秀才暫時留在城裏，聽候縣裏的示下。"衆人感激不盡，却把兩個秀才活活嚇死！莊大老爺又會裝好，向衆人說道："你們出去先傳諭衆百姓，叫他們各自回家。不日本縣親自下鄉踏勘，果然受了偏災，還要撫恤他們。"衆人聽了越發感激。兩個秀才却嚇的面色都發了白了，不覺又一同跪下叩頭求饒。莊大老爺抵是頭朝上仰着天，一手拈着鬍鬚，慢慢的說道："一聚告大事，本縣擔不起這個沉重。"衆人見大家聽如此說來，以爲這事不妙，連忙又一齊跪下，磕頭如搗蒜一般。莊大老爺道："你們衆位是無知愚民，情有可恕；他二人身入黌門，那有不知王法的道理。本縣並不難爲他，把他送到學裏，交待老師，且等本縣見過學憲再作道理。"兩個秀才一聽要見學憲，更嚇得魂散魄飛，恐防革功名，失了飯碗，因此更哀求不已。衆人又再四跟求。莊大老爺一想，架子已經擺足，樂得順水推船，便對幾個書民道："百姓的苦處，本縣十分知道，早晚自有撫恤。他們做秀才的人，亟應謹守臥碑，安分守己，現在事不干己，膽敢硬來出頭。他在本縣面前尚且如此，若在鄉下，更不知如何魚肉小民了。所以本縣也要留他在這裏，訪問訪問平時有無劣迹再辦。現在既然是你們一再替他求情，本縣就給你們個面子，暫時交你們帶去。以后本縣要人，必須隨時交到；倘若不交，惟你們是問。但不知你們可能替他做個保人不能？"衆人齊說："願代具保。"莊大老爺聽了無話。兩個秀才同了衆人又一齊謝過，方才起來。

代書早已伺候現成，立刻就在衙房裏把保狀先寫好。又補了兩個公呈：一個是稟告土匪作亂，稟來請兵剿捕；一個是感頌[illegible]督兵剿匪，除暴安良，帶述百姓們的苦處，順便稟求賑撫的話頭。起先幾個鄉下人還不肯如此寫，齊说：『我們大老爺是好的，很體恤我們子民。統領的兵一個個無法無天，我們的苦頭也吃够了，實在说不出一個「好」字。』莊大老爺又私底下叫人開導他們道：『你們衆人呈子上不把統領恭維好，這撫恤銀子他如何肯發？你們既然没有憑據，伸不出冤，何如每人先拿他幾個現的呢？你不如此寫，老爺到統領跟前也不好替你們说話。若把老爺弄毛了，他一動氣，要頂真辦起來，你們吃得住嗎？』衆人聽了方才無話，祇得忍氣吞聲，由着代書寫了出來，又一個個打了手印，然後送莊大老爺過目。莊大老爺見兩幫人俱已無話，然後一並釋放他們回去。

一天大事，瓦解冰銷，心上好不自在。立刻袖了稟詞、結狀，出城來見統領。統領問知端的，不勝感激，便说：『應該賑撫多少銀子，老兄祇管稟請，兄弟立刻核放。這個將來可以報銷的。』當時就留他吃飯。一頭吃着飯，問他：『到任有幾年了？』莊大老爺回稱：『兩年多了。』又問：『老兄做了這許多年實缺，總該應多兩個？』莊大老爺回道：『卑職前頭的空子太大了，人口又多，雖然蒙上憲栽培，做了二十三年實缺，非但不能剩錢，而且還有三萬多銀子的虧空。不過有個缺照在那裏，拖得動罷了。』胡統領道：『做了二十三年實缺尚且不能剩錢，這就難了！』莊大老爺道：『有些錢卑職又不肯要，所以有幾個缺，人家好賺一萬的，到了卑職手裏祇好打個七折。而且卑職應酬又大，有些事情，該墊的，該化的，卑職多先墊的墊了，化的化了，將來人家還不還，一概置之腦後；所以空子就越弄越大了。』胡統領道：『我這回事極承老哥費心，斷不好再叫你墊錢，總共發了多少撫恤銀子，你儘管到我這裏來領。倘你若要用，或者多支一萬、八千都使得，將來總是這一筆報銷罷了。』莊大老爺道：『蒙大人體恤，卑職感激得很！撫恤鄉下人不過三兩吊銀子，卑職情願報效。至於大人這裏，卑職已經受恩深重，額外的賞賜斷不敢領。既蒙大人栽培，卑職自己年紀已不小了，也不能做甚麽事情；卑職有兩個兒子，一個兄弟，一個女婿，將來大案裏頭倘蒙大人賞個保舉，叫他們小孩子們日后有個進身，總是大人所賜。』说畢，請了一個安。胡統領一面還禮，便是方才新偷的十七塊多錢，所以走的甚是爽快。這匯人軍營裏是看慣了的，自來自去，隨隨便便，倒也並不在意。卻不湊巧，這天晚上會總爺又有甚麼用頭，開開箱子拿洋錢，找不着這二十塊錢的一封。登時發了毛暴，滿船的搜查起來，搜了一回沒有。不想到王長貴身上，馬上派了人四下裏去尋；尋了半天，居然在一只煙館裏尋着，還沒有動身呢。當下簇擁到船上，誰料一搜便已搜着。恨的會總爺了不得，伸手打了他五六個嘴巴，立時立刻派人送到莊大老爺那裏請辦，所以才會到衙門裏來的。

當下捕快拿他一帶帶到下處，從來賊見捕快，猶如老鼠見貓一般，捕快問他，不敢不說實話，先把怎樣輸錢，怎麼偷錢，自始至終說了一遍。雖說他是總爺的伴當，到了此時竟其不徇情面，捕快頭兒卻是拿他當賊看待。一到下處，便喝令叫他自己脫去衣服。幸虧沒有甚麼穿着，脫去長衫，祇剩得一衫一褲。捕快又叫他除去帽子，脫去鞋襪，不隄防噹琅一響，有兩塊錢角錢落地。捕快看了奇怪，連說：「怎麼你身上還有洋錢？……」王長貴道：「頭兒明鑒。」捕快伸手一個巴

掌，罵道：「誰是你的頭兒？頭兒是你亂叫得的？」王長貴立刻改口，稱他老爺，方才無話。捕快問道：「你偷總爺的錢不是已經被他搜了去嗎？怎麼你身邊還有？這是那裏偷來的？」王長貴道：「這亦是總爺的洋錢。」捕快道：「你到底偷了他多少？」王長貴道：「一共拿他二十塊錢，還了兩塊二角錢的賭帳，下餘十七塊八角。我告假之後，到了煙館裏數了數，把十五塊包了一包，揣在腰裏；這兩塊八角，正想付過煙帳，上街買一件棉馬褂，想不到他們衆人就找了來，把我一找，我找到船上，我這兩塊多錢還捏在手裏。我一見總老爺臉色不對，就順手往襪子筒裏一放，所以沒有被他們搜去。不瞞老爺說：總爺還是我的姑表哥哥哩。他的錢我就用他兩個，大家親戚，也不好說我是賊。他忘記他從前窮的時候了，空在營裏，一點事情沒有，東也借錢，西也借當；我媽的梯子也被他當了，至今沒有贖出來。如今做了總爺，算他運氣好，就這一趟差使就弄了不少的錢。有福同享，有難同當，我用他這兩文，要拿咱當賊辦，真正豈有此理！」捕快聽到這裏，忽然意有所觸，便說：「你們總爺是幾時得的差使？」王長貴道：「是

今年五月裏才得的。」捕快道：「他這差使一年有多少錢？你一個月賺幾塊錢？」王長貴道：「我祇吃一分口糧，那裏會有多少錢。就是我們總爺也是寅吃卯糧，先缺後空。太平的時候，聽說還過得去；現在有了軍務，就是要賺也就有限了。」捕快道：「他的差使既然不好，那裏還有錢供你偷呢？」王長貴道：「就是這個奇怪。沒有來的時候，一直鬧着說差使不好；一到這裏，他老就闊起來了。而且他的錢是在下鄉巡哨的前頭有的，如果在下鄉的后頭，一定要說他是打劫來的了。」捕快一面聽他講，便把那兩塊大洋錢重新取出來一看，無奈圖章已經糊塗，不能辨認，就問：「你那兩塊二角錢是輸給那一個的？」王長貴道：「輸給本船上拿舵的老大，姓徐名字叫得勝，是他贏的。」

捕快聽說，心上已經了了，便把王長貴交代夥計看管，自己走進衙門，找到稿案上二爺，托他去回本官，先把王長貴的話，一五一十，述了一遍；自己方說：「據小的看起來，上回文大老爺少的那一注洋錢，雖說是死的婊子偷的，後來蒙大老爺恩典，並不追比。但是死的婊子床上祇翻出來五十塊，那死的婊子還說是那位師爺托他買東西的，小的不相信，就把他鎖了來。現在婊子死了，沒有對證。但是文大老爺一共失竊一百五十塊錢，還有別的東西。縱然有了五十，到底還有一百，連別的東西沒有下落。雖說大老爺不向小的們要賊要贓；小的當的甚麼差使，有的破案，總得破案。今番船上總爺送來的那個賊，已由小的仔細問過，據他說，他總爺這個錢來路很不明白。如今這人身上還藏着兩塊二角錢，可惜圖章不大清楚，辨認不出。小的想求大老爺把魯總爺在這賊身上搜出來的十五塊錢要了來查對查對。這賊還有兩元二角錢輸給本船掌舵的徐得勝，小的意思，亦想求大老爺拿片子把這徐得勝要了來，看看圖書對不對。小的是如此想，求大老爺明鑒。」莊大老爺道：「上回的事，我不來比你們就是了。現在魯總爺爲着他伴當做賊，送到我這裏來托我辦，輕則打兩板子開釋，重則押上幾個月，遞解回籍，前頭的事還去翻騰他做甚麼！」捕快道：「小的當的甚麼差使，總得弄弄明白。就是查了出來，顧了總爺的面子，不去說穿就是了。」說來說去，莊大老爺祇答應拿片子要徐得勝到案質訊，不再去追問別的。等到把人傳到，捕快先問他：「王某人還你的那兩塊洋錢尚在身邊不在？」誰料徐得勝恐怕老爺辦他賭錢，不敢說實話。禁不住捕快連嚇帶騙，好容易說了出來，還說：「洋錢已經化去一半了，祇有一塊在身邊。」捕快記得前頭鼎記的圖書，叫他取了出來一看，果然不錯。捕快非常之喜，立刻就托二爺上去稟知莊大老爺。莊大老爺道：「這件案子早已結好的了，他又不是死的犯子，什麼親人，要他來翻甚麼案！」

捕快討了沒趣下來，心上悶悶。回家喫了幾杯燒酒，心上尋思：「出了竊案，一準要問我們當捕快的；捉不着人，我們屁股頭在裏頭遭殃。現在是藏頂子的老爺也入了我們的行了。不料我們大老爺先護在裏頭，連問也不叫我問一聲兒，可見他們官官相護，這才是『祇准州官放火，不許百姓點燈』，古人說的話是再不得錯的。我倒有點不相信，一定要問個明白。」想罷，換了一身衣服，回到衙門，從門房裏偷到一張本官的片子，把他自己薦到魯總爺船上，就說是本官聽見船上少了一個伴當，恐怕缺人使喚，所以把他薦了來。總爺是斷乎不會疑心的。「祇要他肯收留，將來總有法子好想。現在洋錢上的圖章已對，看上

去已十有八九。但鼎記圖章並非文大老爺一個人獨有的，必須拿到的東西方能作準。」主意打定，立刻瞞了本官，依計而行。走到船上，見了總爺，說明來意。魯總爺因為是莊大老爺的面子，不好回頭，暫時留用。當差異常敏捷，總爺甚是喜他，他還不時抽空回到城裏，承值他公事。

過了兩天，莊大老爺過堂，順便提王長貴到堂，打了二百板子，遞解回籍。那個掌舵的本來無事，捕快說他一直受賄，而且在船上賭博，決非安分之人。「總不責打，不如一並遞解回籍，免得在外滋事。」莊大老爺聽了他話，照樣判斷，回復了魯總爺。雖然多辦一個人，他卻並不在意。捕快的意思，是恐怕這掌舵的回到船上，識破他的機關，所以加了他一個小小罪名，將他遞去；這都是老公事的作用。要知以後如何，且聽下回分解。

第十六回　瞞賊贓知縣吃情　駁保案同寅報怨

却説建德縣捕快頭兒，自從薦在船上充當一名伴當，又自己改了名字，叫做高昇。從來做官的人没有不巴結升官的，所以他就取了這個名字。果然合了魯總爺之意，甚是歡喜。但是胡統領雖然平定了土匪，仍舊駐扎此地，辦理善后事宜；究竟没有什麽大事情，多則一月，少則半月，衹等上頭公事下來叫他回省，他就得動身。魯總爺自然也跟了同去。高昇是新來的人，縱然辦事勤能，主人歡喜，然未必就肯以腹心相待。捕快職司拿賊，乃是自己分内之事，在這幾天裏頭如何就能破案。心内好不躊躇。却喜這魯老爺是粗鹵一流；並有個脾氣，是最喜歡戴炭簍子，衹要人家拿他一派臭恭維，就是牛頭不對馬嘴，他亦快樂。高昇是何等樣人，上船一天，就被他看出苗頭，因此就拿個主人一頂頂到天上去：主人想喝茶，衹要把舌頭舐兩舐嘴唇皮，他的茶已經倒上來了；主人想吃烟，衹要打兩個呵欠，他已經點了燈，並打好兩袋烟，裝好伺候下了。諸如此類，總不要主人説話，他都樣樣想到，樣樣做到。試問這種當差的，主人怎麽不歡喜呢？

一等等了三天。這天晚上，高昇正在艙内替總爺打烟。總爺同他閑談，問起：『莊大老爺衙門裏有多少人？你從前跟誰的？他怎麽拿你薦給我呢？』高昇見問，即景生情，便一一答道：『莊大老爺的人口，叫多不多：一個二老爺管理帳房，是頂有錢的。兩個少爺，大的是太太養的，小的是姨太太養的。一個小姐，是前頭大太太養的，去年出的閣；姑爺就招在衙門裏，小的本來是伺候二老爺的；因爲同姨太太的老媽拌了嘴，姨太太在老爺跟前説了話，因此老爺不叫二老爺用小的。小的伺候二老爺已經六七年了，並没有一點錯處，二老爺心上過不去，所以同老爺説了，薦小的來伺候總爺的。』魯總爺道：『用熟了一個人，走掉了是很不便的。』高昇道：『正是這句話，做家人的伺候熟了一個主人，也不願意時常換新鮮。所以二老爺説過，倘若小的找不到好地方，過上一兩月，等老爺消消氣，仍舊叫小的進去。——現在小的伺候了總爺，有了安身之處，也就不想别的了。』魯總爺道：『二老爺管帳房，他一年能有幾個錢？』高昇道：『少則一二千，多則三四千。』魯總爺道：『據你説來，他管上十年帳房，手裏不要有

兩三萬嗎？」高昇道：「進帳是好，衹可惜那來的多，去的多，不會剩錢。」魯總爺道：「這是甚麼緣故？」高昇道：「我們這位二老爺頂歡喜的是買翡翠玉器。一個翡翠搬指三百兩，他老人家還说「價錢便宜無好貨」。衹要東西好，他却肯花錢。又最喜的是買鐘錶，金表、銀表、坐鐘、挂鐘，一共值八千多兩銀子。你衹要有表賣給他，就是舊貨攤不要的，他亦收了去。他自己又會修表，修好了永世不會壞的，所以他要這個。若不是爲這兩椿，他一年到頭，老大要多兩個錢哩。」魯總爺聽了他話，不覺心上一動，仍舊按下。高昇亦不再提。打完了烟，睡覺歇息，一夜無話。

到了次日，高昇叫他夥計拿了五件細毛的衣服到船上來兜賣。價錢很公道，估了估足值四百多塊錢，賣主衹討二百兩銀子。魯總爺一還價，一百六十塊錢，後來添到二百十塊買成。魯總爺箱子裏衹剩了五十幾塊錢；因錢不够，同高昇商量，先付他五十塊，其餘等月底關了餉來補還他。那人答應，把東西留下，但是五天之内，必須算錢，等不到月底。魯總爺一想，横竪有别的東西可以抵錢，看來斷不止此數，於是答應他五天來取錢。五十塊錢由高昇點給他。高昇留心觀看，又與文大老爺失去的洋錢圖書一樣。當下也不作聲，交付來人而去。這天魯總爺買着便宜貨，心上非常之喜，顛來倒去看了幾遍，連说便宜。高昇道：「這個人我認得他的。他家裏從前很有錢，有的是東西。一百錢的東西，時常十個、二十個錢就賣了。如今被他嘗着了甜頭，包管他明天還要來。等他明天再來的時候，大大的殺殺他的價錢，買他些便宜東西。」魯總爺道：「要買便宜貨，要有現錢方好。」高昇道：「他認得我，不要緊，剛才不是小的同他熟識，他肯把衣服留下，拿了五十塊錢就走嗎？」

魯總爺不語，心上思量。過了一會子，躺下喫烟，趁着高昇替他燒烟的時候，就同他商量道：「我有一件事情要托你去辦。」高昇忙問：「有什麼事情差小的去辦？」魯總爺道：「不是你说的，你們莊二老爺歡喜買翡翠玉器，還有甚麼洋貨鐘錶嗎？」高昇道：「是。可惜没有這些東西；如果有在這裏，我拿了去包管一定成功。衹要東西好，而且可以賣他大價錢。」魯總爺聽了，非常之喜，低聲向他说道：「這

些東西現在我有。』高昇道：『總爺既有這些東西，何不早説？』魯總爺道：『你來了能有幾天？我以前何曾曉得你們二老爺喜歡這個？』高昇道：『有了這個，包管拿去就换了錢來。』魯總爺道：『但是我的東西好，不曉得他識貨不識貨。』高昇道：『跟二老爺時候久了，這些東西天天在眼裏經過，雖不全懂，也還曉得一二。』魯總爺道：『如此更好了。我於這上頭也有限。這些東西是個親戚托我替他銷的，且拿出來替他估估價錢，免得喫虧。』

一頭説，一頭便取出鑰匙，開了箱子，搬出那幾件東西來：一個搬指，一個金表。魯總爺開箱子的時候，像怕衆人看見似的，先把衆人一齊差了出去，衹把高昇留下。等到東西取出，高昇拿到手裏一看，恰恰與文大老爺失單上開的一樣。他看了又是喜，又是氣：喜的是真贜實犯，果不出我之所料；氣的是這班不長進的老爺，幹此下作營生，偏會偷偷摸摸。現在東西已經被我拿到，意思就要想聲張起來。後來一想：『本官前頭如何吩咐，設或鬧的不得下臺，大家的面子不好；不如且隱忍起來，等到回過本官再作道理。』當下不動聲色。等魯總爺把東西拿齊，仍舊把箱子鎖好。衹見他拿個搬指套在大拇指頭上，對着高昇説道：『這個緑玉的颜色倒很好看。同這隻金表，你估估看，能值多少錢？』高昇肚裏好笑，笑他不認得翡翠，當作緑玉。又把表擎在手裏，轉動表把，旋緊了砝條，又揿住關捩，當當的敲了幾下。魯總爺聽見金表會打得有響聲，心上覺得詫异，肚裏尋思：『怎麼金表會打得響呢？不要是個小鐘罷？』高昇拿東西翻來復去看了兩遍，因問總爺：『要個甚麼價？』魯總爺道：『你説罷。』高昇道：『據小的看起來，一個搬指要他一千五。』魯總爺道：『一千五百塊？』高昇道：『一千五百兩。』魯總爺把舌頭一伸道：『要的太多了！不要嚇退他不敢買，一弄得生意不成功。就是少些也不妨，好歹由你去做。這個表呢？』高昇道：『這個表是大西洋來的，在這裏總得賣他三百塊。』魯總爺道：『不要亦嫌多罷？』高昇道：『多甚麼！小的此刻拿了去，包管總有一樣成功。』魯總爺聽了他言，心上雖非常之喜，然而總不免畢卜畢卜的亂跳。把兩件東西鄭重其事的交代了高昇。

高昇接過，用手巾包好，揣在懷裏。又伺候總爺過足了癮，然後關於統領面子，二來我們同寅也不好看。我衹要東西尋着就是了，少話。歇了半晌，方說道：「老哥叫他們不要聲張，這主意很是。一來就換了人，其實這裏頭的人，人面獸心的多得很哩！」文七爺聽了無莊大老爺道：「當過捻子的人，你知道他是甚麼出身？你當他做了官說道：「他會做賊？……我是一輩子也想不到的了！實在看他不出！」爲的是統領面子上不好看。」文七爺一聽說是魯某人做賊，嘴裏連連十遍。又說：「如今愚兄的意思，不要他們聲張出來。姓魯的交情有限，如何改扮，魯某人如何托他銷東西，因之破案，並自己的意思，說了這個？到底是甚麼人做賊？你快說了罷！」莊大老爺到此，方把捕快這是我們做州縣官的秘訣。但是這件事情既不是人命官司，怎麼說到他不得了，如今我們且說活的。」文七爺道：「人命官司，救生不救死，賊拿到，也好替死者明冤。」莊大老爺道：「老弟，那死的婊子也顧他愛莫能助，整整哭了三天三夜。現在有了真贓，就有實犯，等到把以沒理會到這上頭，等到事過之后，我才知道。這位趙老夫子，可憐仙。後來都說是藕仙作賊，就此冤枉死了！那兩天我的事情很忙，所

天那位趙不了趙師爺，的的確確在我手裏借去五十塊錢，送他相好藕以要請你老弟過來談談。現在這做賊的人，你猜那個？」文七爺道：「那這是什麼緣故？我們總得辦人才好。」莊大老爺道：「正是爲此，所送過來。現在賊在那裏？據捕快說起來，東西雖然有了，然而人不好辦。就有在裏頭了。倒是這個捕快本事真好，我想賞他一百銀子，回來就我已心滿意足了。百把塊錢算不了事，注着破財，譬如多吃十來臺花酒，有了，但是那一百五十塊錢還無着落。」文七爺道：「這兩件有了，「我的東西有了，自然要還你的錢。」莊大老爺道：「你的東西雖然大老爺道：「我的錢，老棣臺儘管用，還說甚麼還不還。」文七爺道：文七爺道：「老把兄，你又取笑了。東西有了，我得還你的錢。」莊莊大老爺道：「你老棣臺的東西，敢查不到嗎？」一頭說，一頭坐下。對莊大老爺說道：「你們建德縣的捕役本事真大，我的東西居然查到。」請他進城談談。不多一會，文七爺果然坐着轎子進城，才跨下轎，便

　　這裏莊大老爺便差人拿片子到城外去請文大老爺，說是東西查到，大老爺的恩典，方才退了下去。

了百把塊錢也不必追他了。但是老哥要叫了他來说破這件事情。兄弟同他是同事，當着面難爲情；等兄弟走了，你去叫他。』莊大老爺道：『不把他弄了來，叫他擔點心事，亦未免太便宜他了。』文七爺道：『正是。』當下又说了些别的，方才告辭出城。這裏莊大老爺果然等他去後，才差人拿片子請魯總爺進城。

且说魯總爺，自從高昇拿着東西上岸，約摸已有三個時辰，不見回來，心上正是疑惑。忽見建德縣差人拿片子來請他進城。说是有話面談，究竟賊人心虚，不覺嚇了一跳，忽然想到：『文某人東西失竊，曾在縣裏報過，現有失單。不該自不檢點，聽憑高昇一面之言，將東西送到他兄弟那裏。設或被他們看出，如何是好！』想到這裏，心上一似滚油煎的，直往上衝；急的搔頭抓耳，走頭無路。既而一想：『文老七少掉的洋錢，大衆都说是蘭仙偷的。如今蘭仙已死，當了災去，没有對證，案子已了，人家未必再疑心到我身上。東西送去，人家祇顧辯論好醜，或者不至於理會到這上頭，也論不定。』想到這裏，心上似乎一鬆，又想：『我同縣裏，却同他見過幾面。他請我吃飯，我亦擾過他。彼此總算認得，或者有别的事情，也未可知。』一面想，一面換了衣服，坐了首縣替統領二爺辦差的小轎，一路心上盤算。

進了城門，到得縣衙，轎子歇在大堂底下。一個兵把名帖投了進去，半天不見出來。他在轎子裏急的了不得，又叫一個兵進去探信。誰知祇有進的人，不見出來的人，這真把他急死了！自想：『早知如此，極應該托病不來。如今懊悔已遲！』於是自己下轎，踱進宅門，探聽光景。誰知劈面遇見一人。你道這人是誰？却是建德縣的門政大爺。魯總爺不認得他，他却認得魯總爺。見面之后，便说：『總爺來了。我們敝上現在有要緊公事同師爺商量，請總爺先在外頭坐一會再進去。』一面说，一面便在前頭引路。魯總爺摸不着頭腦，祇得跟了就走。一走走到門房裏坐下，那位大爺就進去了。虧得魯總爺門房是坐慣的，倒也並不在意。誰知等了好半天，不見有人來請，心中疑惑不定。又等了一會，祇見那個門政大爺從裏頭出來，吩咐：『傳伺候，老爺坐堂。』魯總爺愈覺驚疑。停了一刻，又見催問：『城外文大老爺的爺們，還有船上死的婊子的尸親，來了没來？』底下回稱：『已經催去了。』

了百把塊錢也不必追他了。但是老哥要叫了他來說破這件事情，兄弟同他是同事，當著面難為情，兄弟走了，你去叫他。』莊大老爺道：『不把他叫了來，叫他擔點心事，亦未免太便宜他了。』文七爺道：『正是。』當下又說了些別的，方才告辭出城。這裏莊大老爺果然等他去後，才差人拿了片子請書總爺進城。

且說書總爺，自從高昇拿著東西上岸，約摸已有三個時辰，不見回來，心上正是疑惑。忽見建德縣差人拿了片子來請他進城，說是有話面談，究竟賊人心虛，不覺嚇了一跳，忽然想到：『文某人東西失竊，曾在縣裏報過，說有失單。不該自不該說，聽憑高昇一面之言，將東西送到他兄弟那裏。設或被他們看出，如何是好！』一想到這裏，心上一似滾油煎的，直往上衝；急的搔頭抓耳，走頭無路。既而一想：『文老七心愛的洋錢，大衆都說是蘭仙偷的。如今蘭仙已死，當了說六，沒有對證，案子已了，人家未必再疑心到我身上。東西送去，人家祇顧辯論好醜，或者不至於理會到這上頭，也論不定。』一想到這裏，心上似乎一鬆，又想：『我同縣裏，却同他見過幾面。他請我吃飯，我亦屢請他。彼此總算認得，或者有別的事情，也未可知。』一面想，一面換了衣服，坐了首縣本縣預備一轎夫的小轎，一路心上盤算。進了城門，到得縣衙，轎子歇在大堂底下。一個兵把帖子拿了進去，半天不見出來。他在轎子裏急的了不得，又叫一個兵進去探信。誰知祇有進的人，不見出來的人，直真把他急死了！自思：『早知如此，總應該托病不來。如今懊悔已遲！』一會兒是自己下轎，踱進衙門，探聽光景。誰知好向遇見一人。你道這人是誰？却是建德縣的門政大爺。書總爺不認得他，他却認得書總爺。見面之後，便說：『總爺來了，我們敝上現在有要緊公事同師爺商量，請總爺先在外頭坐一會再進去。』一面說，一面便有前頭引路。書總爺摸不着頭腦，祇得跟了就走。走，走到門房裏坐下，那位大爺就進去了。虧得書總爺門房是坐慣的，倒也並不在意。誰知等了好半天，不見有人來請，心中疑惑不定。又等了一會，祇見那個門政大爺從裏頭出來，吩咐：『傳伺候，老爺坐堂。』書總爺愈覺驚疑，停了一刻，又見他問：『城外文大老爺的爺們，還有那上死的娘子的尸首，來了沒來？』一疊連聲回稟：『已經帶去了。』一魯總爺聽了，直嚇得汗流滿體！衹聽門政大爺又説：『老爺傳捕快上去問話，叫他把那查着的翡翠搬指、打璜金表一齊帶上來。』話言未了，隨在玻璃窗内看見一個人，頭戴紅纓帽子，走了進去。起先魯總爺聽見裏頭要搬指、金表，已經魂不附體；及至看見進來的這一個人，不覺魂飛天外，頭暈眼花，四肢氣力毫無，咕咚一聲，就坐在一張凳子上。心上恍恍惚惚，也不知是醉是夢，又不知世界上到底有我這個人没有。你道爲何？衹因這個進來的戴紅纓帽子的捕快，不是别人，正是他自己托銷東西的高昇。到此方悟：他們串通一氣，冒充伴當，騙出贓物；自不小心，落了他們的圈套。回想轉來，直覺無地自容，恨無地縫可以鑽入。

坐了半天，剛正有點明白，門政大爺也進來了。衹見他陪着笑臉説道：『敝上公事未完，又有堂事，倒教總爺老等了！』説完了話，却朝着他笑。魯總爺呆呆的望着他，也不知説甚麽方好。想了半天，才説得一句：『你們老爺坐堂，爲件甚麽事？』門政大爺道：『總爺是做官的人，還有甚麽不明白的，我那裏曉得？』説完了，又朝着他笑。魯總爺到此，知道事情已破，有點熬不住。衹得苦了他那副老臉，從凳子一站就起，跟手爬在地下，綳冬綳冬的亂磕頭，嘴裏不住的説道：『大爺救我！大爺救我！』那門政大爺本來是朝着他笑的，不隄防他忽然跪下磕頭，還是回磕的好，還是扶他起來的好？一時不得主意，忙了手脚，衹得也跪在地下，雙手去扶他，嘴裏説：『我是什麽人，怎麽當得起總爺下跪！快快請起，有話好講。』魯總爺衹是不肯起，一定要他答應。

兩人正在相持的時候，忽然又有一個人手掀簾子進來。一進門，便哈哈大笑道：『這是那一回子的事，在這裏下跪！』那一個門政大爺一見這人，趕忙起來站在一旁，垂手侍立。魯總爺擡頭一望，見是莊大老爺，真羞得滿臉通紅；亦站了起來，低頭不語。莊大老爺道：『你來了這半天，他們爲我有公事，亦没有進來回，倒叫你老兄好等。』一面説，一面把魯總爺拉了就走。誰知魯總爺的兩條腿猶如棉花一般，一步挨不上三寸。莊大老爺便叫跟班的攙着他走。一攙攙到花廳上，分賓坐下。先同他説了半天的閑話，魯總爺方才漸漸的醒轉來，但是除掉諾諾稱是之外，其他的話一句也說不出。又歇了半天，心上轉念頭，要探探莊大老爺的口氣。無奈莊大老爺總不提及此事，但一味的敷衍。會總爺急了，想來想去，別無法想，衹得仍舊跪下，口稱：「兄弟該死！求你老爺高抬貴手！」莊大老爺假作不知，忙問：「什麼事情要行此大禮？快請起來！」會總爺道：「你老爺不答應，兄弟就跪在這裏，一世不起來！」莊大老爺道：「到底什麼事情？我竟其一點也不明白。」會總爺道：「你老爺差了捕快來私訪我的，你老人家還有什麼不曉得。」莊大老爺道：「這更奇了。我何曾叫捕快來私訪你？你老爺有什麼事怕捕快？你越說我越糊塗了！」會總爺衹是跪在地下，不肯起來。莊大老爺衹是催他起來，催他快說。會總爺道：「醜媳婦總得要見公婆的，索性我自己招罷。這事情原是我一時不好，不該拿文某人的東西。如今東西呢，已經在你老人家這裏了；我自己知道錯處，衹求你老爺替我留臉，我情願拿東西還他。一輩子供你老爺的長生祿位，也不敢忘記了你！」說罷，又連連磕頭。

莊大老爺聽到這裏，便也直立不動，等他磕完了頭，故意板着面孔，說道：「我當是誰做賊。船上人是沒有怎麼大的膽子，原來就是你闖下。——你闖下也不至於偷偷摸摸。自從姓文的失了東西，統領以為是他帶來的人，一定要我辦賊；我辦賊不到，統領跟前不知受了多少申飭。姓文的又時時刻刻到來問我要錢。我弄得沒有法子想，私底下已經送過他五百兩，他還嫌少。現在既然是你闖下拿的，這話更好說了。你是統領帶來的人，同姓文的又是同事，他們沒有不照顧你的。我衹要把你送到統領跟前，卸了我的干係。我們都是熟人，我又何必同你為難呢。你快快起來，我們一齊出城。」會總爺聽了這話，真正急得要死，衹是跪着哭，不肯起來。莊大老爺道：「這樁事說起來我也不相信。你闖下還怕少了錢用，要幹這營生？現在是被他們捕快拿着的。我肯照應你，替你瞞起來不說破；他們一般小人，為你這樁事情，每人至少也挨過二三千板子，現在真贓實犯，倒被我不聲不響的放掉，我於他們臉上怎麼交代得過？如此下去，以后還要辦案不要辦案？你也是做官的人，應該曉得兄弟的苦處。」

會總爺見莊大老爺不肯容應，急得兩淚交流，口稱：「一家裏還有八十三歲的老娘，曉得我做了賊，丟掉官是小事，他老人家一定要氣死的，豈不是罪上加罪！現在没有别的好説，總求你大老爺格外施恩！我將來爲牛爲馬，做你的兒子孫子也來報答你的』莊大老爺見他説得可憐，心上想：『這半天也够他受用的了。有娘無娘，不必信他，從來犯了罪的人都是如此説法。因爲還有公事，倘若耽擱下去，外面張揚起來，反不好辦；不如趁此收篷，算他運氣好，便宜他這遭就是了』想了半天，便長嘆一聲道：『唉！既有今日，悔不當初。我本來不要難爲你的，但是文某人少的錢總得補上，——我已經替你送過他五百兩銀子。還有捕快，他們辛苦了一番，不能不賞他幾個錢，——至少一百兩。難道這個錢真果要姓文的出嗎？』魯總爺道：『實實在在祇拿他一百五十塊錢，那裏得五百兩。』莊大老爺道：『這個我也不知道，你去同他當面辨個明白也好。』魯總爺道：『承你老爺恩典，我還有甚麼辨頭。祇求寬限幾個月，等我關了餉來撥還就是了。』莊大老爺又嘆一口氣道：『説來説去，總是皇上家的錢晦氣。你欠人家的錢，一定要關了餉來撥還，這幾個月的兵吃甚麼？不是我説句得罪你的話：

你們這些做武官的，直結兒没有一個好東西在裏頭！一旦國家有事，怎麼不一敗塗地呢！我好人做到底，也不管你這些閑事。但是我付出的五百兩，口説無憑，須得寫張字給我。文七爺跟前我去替你抗，説得下，説不下，碰你運氣。這賞捕快的一百兩你今天要拿來的，叫他們多少賺兩個，也好堵堵他們的嘴，免得替你在外頭聲張。』魯總爺爲這一百銀子雖是爲難，聽了莊大老爺的話，不得不唯唯遵命。又重新叩頭謝過恩典。莊大老爺叫簽稿替他起了一張稿子，叫他親自照寫。祇見他捧筆在手，比千斤石還重，半天寫不上三個字，急得滿頭是汗。莊大老爺等的不耐煩，叫簽稿代寫，叫他畫了十字。莊大老爺收起，就叫簽稿送他出去。

魯總爺謝了又謝。跟着簽稿出來，又朝着簽稿作揖。一出宅門，劈面遇見捕快，趕上來叫了一聲『總爺』，又笑着説道：『高昇是來伺候總爺的。總爺還是坐轎回去，還是騎馬回去？』這一聲，更把他羞的了不得，趕忙又替捕快作揖，説：『諸位老兄休得取笑了！』捕快又道：『總爺可到小的家裏坐一回去？』總爺道：『不消費心了。』

八十三歲的老娘，曉得我做了賊，丟掉官是小事，他老人家一定要氣死的，豈不是罪上加罪！現在沒有別的好說，總求你大老爺格外施恩！我將來為牛為馬，做你的兒子孫子也來報答你的。」莊大老爺見他說得可憐，心上想：「這半天也夠他受用的了。有錢無錢，不必信他，從來犯了罪的人都是如此說法。」因為還有公事，倘若耽擱下去，外面張揚起來，反不好辦，不如趁此收篷，算他運氣好，便宜他這遭就是了。」想了半天，便長嘆一聲道：「唉！既有今日，何不當初。我本來不要難為你的，但是文某人少的錢總得補上。——我已經替你送過他五百兩銀子。還有補快，他們辛苦了一番，不能不賞他幾個錢。——至少一百兩。難道這個錢真果要姓文的出嗎？」一會總爺道：「實實在在祇拿他一百五十塊錢，那裏得五百兩。」莊大老爺道：「這個我也不知道，你去同他當面講個明白也好。」一會總爺道：「承你老爺恩典，我還有甚麼辦頭。祇求寬限幾個月，等我圖了餉來撥還就是了。」莊大老爺又嘆一口氣道：「說來說去，總是皇上家的錢晦氣。你文大人家的錢，一定要圖了餉來撥還，這幾個月的兵吃甚麼？不是我說句得罪你的話：你們這些做武官的，直箱兒沒有一個好東西在裏頭！一旦國家有事，怎麼不一敗塗地呢！我好人做到底，也不管你這些閒事。但是我付出的五百兩，口說無憑，須得寫張字給我。文大爺跟前我去替你抗，說得下，說不下，看你運氣。這賞補快的一百兩你今天要拿來的，叫他們多少賺兩個，也好堵塞他們的嘴，免得替你在外頭聲張。」一會總爺為這一百銀子雖是為難，聽了莊大老爺的話，不得不唯唯遵命。又重新叩頭謝過恩典。莊大老爺叫簽稿替他起了一張稿子，叫他親自照寫。祇見他捧筆在手，比千斤石還重，半天寫不上三個字，急得滿頭是汗。莊大老爺等的不耐煩，叫簽稿代寫，叫他畫了十字。莊大老爺收起，就叫簽稿送他出去。

會總爺謝了又謝，跟着簽稿出來，又朝着簽稿作揖。一出宅門，劈面遇見補快，趕上來叫了一聲「總爺」，又笑着說道：「高昇是來伺候總爺的。總爺還是坐轎回去，還是騎馬回去？」這一聲，更把他羞的了不得，趕忙又替補快作揖，說：「諸位老兄休得取笑了！」一補快又道：「總爺何到小的家裏坐一回去？」總爺道：「不消費心了停刻我就叫人送來。還有那天的皮貨，一塊兒拿過來。』一面説，一面朝諸人拱拱手，匆匆忙忙上轎而去。莊大老爺便寫一封信，隨着起出來的贓送給文七爺，告訴他辦法。文七爺自是歡喜。因爲魯總爺是同寅，也就和平了事。當賞捕快一百兩銀子，就交來人帶回。又另外賞了來人四塊洋錢。莊大老爺接到回信，又叫捕快到船上叩謝過文大老爺。魯總爺回船之後，東拼西湊，除掉號褂、旗子典當裏不要，其他之物，連船上的帳篷，通同進了典當，好容易湊了六十塊錢。自己送到縣衙，苦苦的向門政大爺哀求，托他轉稟莊大老爺，請把六十塊錢先收下，其餘約期再付。莊大老爺聽説，也衹好一笑置之。魯總爺又叫跟來的人把皮統子送還了捕快。又當面約捕快吃飯，過天在那裏叙叙，説：『我們那裏不拉個朋友。』捕快道：『我的總爺，衹求你老人家照顧俺，不要出難題目給俺做，本官面前少挨兩頓板子，就有在裏頭了！甚麼請酒、請飯，倒不消多費的。』魯總爺一聽這話，明明是奚落他的，臉上不覺一紅。彼此無話而別。

自此以后，魯總爺總躲着不敢見文七爺的面，倒是文七爺寬洪大量，等到没有人的時候，把他叫了來，反把好話安慰他。當下魯總爺雖不免感激涕零，但是轉背之后，心上總覺得同他有點心病似的。此乃晚近人情之薄，不足爲奇。按下不表。

且説浙江巡撫劉中丞，自從委派胡統領帶了隨員，統率水陸各軍，前往嚴州剿辦土匪，一心生怕土匪造反，事情越弄越大，叫他不安於位，終日愁眉不展，自怨自艾。心想：『怎麼我的運氣不好，到了任就出亂子！』不時電信來報，今日派的兵到了那裏，計算日子，某日可到嚴州。胡統領未到嚴州的頭一天，又有急電打來：『訪得匪勢猖狂，不易措手。』他老聽了格外愁悶。隨后忽聽得説，大兵一到嚴州，把土匪都嚇跑了。他老還不相信，後來接到胡統領具報出師搜剿土匪日期電報，方把一塊石頭放下。過了一天，又得『一律肅清』的捷電，中丞非常之喜。藩、臬以下，齊來稟賀。中丞隨發一電奬勵胡統領，允他破格奏保。歇了兩天，齊巧胡統領把剿辦土匪詳細情形稟了上來，附有禀請隨折奏保异常出力人員折子一扣。中悉看過無話，就把文案老總戴大理傳了來，叫他速擬折稿，告訴他説，無非是叙述土匪如何狂獗，一經臣遴派胡某人往剿捕，刻幸仰仗天威，一律肅清。所有在事員弁，實屬异常奮勇，得以迅奏膚功，相應請旨將該員等照單獎勵」各等語。隨手就把胡統領開來的單子也交給戴大理，叫他照寫。戴大理接在手裏一看，單子上頭一個就是周老爺的名字，心上便覺得一個刺。一時想不出主意，也不便說甚麼，祇得退了下來。回到文案處，一面提筆在手，一面想擺布周老爺的法子，心想：「不料這件事倒便易他了。然而我的心上總不甘願。但是現在這人是胡統領保的，要顧統領的面子，就不好批駁他；若要批駁他，就於統領的面子不好看。」想來想去，甚是爲難。等到奏折做好一半，倒轉上來，躺下過癮。拿過稿子復看一遍，起先無非把土匪作亂，敘得天花亂墜，好像當年「長毛」一造反，騷擾十三省也不過如此。折中又敘：「經臣遴委得候補道胡統領，統帶水陸各軍，面授機宜，督師往剿，幸而士卒用命，得以一掃而平。」隱隱間把自己「調度有方」四個字的考語隱含在內。看到此間，忽想起：「這件事情應得側重中丞身上着筆，方爲得體。中丞不能自己保自己，祇要把話說明，叫上頭看得出，至少一定有個「交部從優議敘」。如此一做，胡統領便是中丞手下之人，隨折祇保他一個，其餘的統歸大案，方爲合體。大案總得善後辦好方可出奏，多寬幾天日期，我就可以擺布妥周的了。」

主意打定，便擬了做好的一半折稿，離開文案處，徑至簽押房。曉得中丞還在簽押房裏看公事，他是多年老文案，便衣見慣的，便乃掀簾進去。劉中丞叫他在公事案桌對面一張椅子上坐下，問他甚麼事情。他便回道：「卑職想這嚴州肅清一案，實實在在是大人一人之功。胡道若不是大人調度，也不能辦的如此順手。現在大人的意思把功勞都推在胡道身上，雖是大人栽培屬員的盛意，然而依卑職愚見，大人調度之功，亦不可以埋沒。」劉中丞道：「你話固然不錯，然而我總不能自己保自己。」戴大理聽到此間，便把折底雙手奉上，說：「請大人過目，卑職擬的可對？從前古人有個功狗功人的比方：出兵打仗的人就比方他是隻狗，這發號令的卻是個人。這件事情，胡道的功勞實實在在大人之下，胡道帶去的隨員更差了一層。倘若一齊保了上去，論不定就要駁下來，倒不如我們斟酌妥當再出奏的好。一來大人的功笑了一會，说道：『我也不想十萬、八萬，三萬、兩萬，祇弄他一萬、八千，拿來放放利錢，够了我的養老盤纏，我也心滿意足了。如今倒是怎麼樣敲法的好？還是寫信，還是當面？』單太爺想了半天，道：『當面怕弄僵，還是寫信的好。你寫信祇管打官話，是不怕他出首的。有甚麼事情，裏頭我有一個至好朋友替我做内綫。見事論事，隨機應變，依我看來，斷没有不來的。』

说到這裏，伺候他的小厮上來請喫飯。魏竹岡不答應，看他意思，想要把信寫好再喫飯。祇見他走到書桌跟前坐下，開了墨盒子，順手取過信箋一張，一隻手摸着箋紙，一隻手拿了一枝筆，將筆頭含在嘴裏，閉着眼睛出神。却不料單太爺自從下午到此，已經坐了大半天，腹中老大有點飢餓，又不便一人先喫，祇得催他喫過晚飯再寫。魏竹岡至此方悟客人未曾喫飯，連忙吩咐小厮進去说：『今天有客在此，菜不够吃，快去添樣菜來。』小厮進去多時，方見捧了一小碟炒雞蛋出來。安排匙箸都已停當，二人一同入座。單太爺舉眼看時，祇見桌上的菜一共三碟一碗：一碟炒蠶豆，一碟豆腐乳，一碟就是剛才添出來的雞蛋，一碗雪裏紅蝦米醬油湯。等到將飯擺上，乃是開水泡的乾飯。魏竹岡舉箸相讓，謙稱『没有菜。』單太爺道：『好说。彼此知己，祇要家常便飯，本來無須客氣。』一面吃着，魏竹岡又拿筷子夾了一小塊豆腐乳送到單太爺碗上，说道：『此乃賤内親手做的，老哥嘗嘗滋味如何。』單太爺連稱『很好……』说話間，魏竹岡已吃了三碗泡飯，單太爺一碗未完，祇聽他说了聲『慢請』，立起身來，走過去拔起筆來寫信。幸而他是兩榜出身，又兼歷年在家包攬詞訟，就是刀筆也還來得，所以寫封把信並不煩難。等到單太爺吃完了飯過來看時，已經寫成三四張了。

他一頭寫，單太爺一頭看；等到看完，他亦寫完。祇見上頭先寫些仰慕的話：接着又寫了些自己謙虚的話；末后才说到：

『本城並無土匪作亂。先前不過幾個强盗，打劫了兩家當典、錢莊。城厢重地，迭出搶案，地方官例有處分；乃地方官爲規避處分起見，索性張大其詞，托言土匪造反，非地方官所能抵御，以冀寬免處分。上憲不察，特派重兵前來剿捕。議者皆謂閣下到此，亟應察訪虚實，笑了一會，說道：「我也不想十萬、八萬、三萬、兩萬，祇弄他一萬八千，拿來成成和錢，够了我的養老盤纏，我也心滿意足了。如今倒是怎麼樣辦法的好？還是寫信，還是當面？」單太爺想了半天，道：「當面商酌不便，還是寫信的好。你寫信祇管打官話，是不怕他出首的。有甚麼事情，裏頭我有一個至好朋友替我做內線，見事論事，隨機應變，依我看來，斷沒有不來的。」

說到這裏，伺候他的小厮上來請吃飯，魏竹岡不答應，看他意思，想要把信寫好再吃飯。祇見他走到書桌跟前坐下，開了墨盒子，順手取過信箋一張，一隻手拿着箋紙，一隻手拿了一枝筆，將筆頭含在嘴裏，閉着眼睛出神。却不料單太爺自從下午到此，已經坐了大半天，腹中着大有點飢餓，又不便一人先吃，祇得陪他吃過晚飯再寫。魏竹岡至此方曉客人未曾吃飯，連忙吩咐小厮進去說：「今天有客在此，菜不够吃，快去添樣菜來。」一小厮進去多時，方見拿了一小碟炒雞蛋出來。安排杯箸都已停當，二人一同入座。單太爺舉眼看時，祇見桌上的菜一共三碟一碗：一碟炒蠶豆，一碟豆腐乳，一碟就是剛才添出來的雞蛋，一碗雪裏紅鰕米醬油湯。等到將飯擺上，乃是開水泡的乾飯。魏竹岡舉箸相讓，謙稱「沒有菜。」單太爺道：「好說。彼此知己，祇要家常便飯，本來無須客氣。」一面吃着，魏竹岡又拿筷子夾了一小塊豆腐乳送到單太爺碗上，說道：「此乃賤內親手做的，老哥嘗嘗滋味如何。」單太爺連稱「很好……」說話間，魏竹岡已吃了三碗泡飯，單太爺一碗未完，祇聽他說了聲「慢請」，立起身來，走過去拔起筆來寫信。幸而他是兩榜出身，又兼歷年在家包攬詞訟，就是刀筆也還來得，所以寫封把信並不煩難。等到單太爺吃完了飯過來看時，已經寫成三四張了。

他一頭寫，單太爺一頭看；等到看完，他亦寫完。祇見上頭先寫些仰慕的話；接着又寫了些自己謙虛的話；末后才說到：

「本城並無土匪作亂。先前不過幾個強盜，打劫了兩家當典、錢莊。城厢重地，迭出搶案，地方官例有處分；乃地方官爲想避處分起見，索性張大其詞，托言土匪造反，非地方官所能抵禦，以冀寬免處分。上憲不察，將派重兵前來剿捕。議者皆謂閤下到此，必能察訪虛實，鎮撫閭閻；乃計不出此，而亦偏聽地方文武蒙蔽之言，以搜捕遺孽爲名，縱所部兵四出劫掠，焚戮淫暴，無所不爲。合境蒙冤，神人共憤。現在梓裏士民，争欲聯名赴省上控。幸鄙人與執事誼屬同門，交非泛泛，稔知此等舉動皆不肖將弁所爲，閣下决不出此。惟探聞上控呈詞，業經擬定，共計八款，子目未詳。叨在知交，易敢不以實告。應如何預爲抵制之處，尚祈大才斟酌，並望示復爲盼』各等語。單太爺看了，連連拍手稱妙。魏竹岡道：『我祇同他拉交情，招呼他，看他如何回答我。』單太爺道：『聽裏頭朋友说，他還有朦開保案、浮開報銷幾條大劣迹，爲什麼不一同叙進？』魏竹岡拿手指着『共計八款』四個字，说道：『一齊包括在内，給他個糊裏糊塗的好。等他來問我，我再一樣一樣的告訴他。我的信祇算要好通個信，我犯不着派他不是，所以信上有些話一齊托了别人的口氣，不说是我说的，祇要他覺着就是了。』單太爺聽了甚爲佩服，連说：『到底竹翁先生是做八股做通的人，一通而無不通……小弟是没有讀過書，主意雖有，提起筆來就要現原形的。』魏竹岡道：『這也怪不得你。你若八股做通，你早已上去，也不在這裏做縣丞了。』正说着，將信封好，開了信面。怕自己的跟人不在行，交給單太爺的小跟班即刻去送。叫他到船上说是魏家來的，守候回信，千萬不可说明是單太爺的家人。小跟班的答應着去了。約摸兩個鐘頭，方才拿了一張回片回來，说：『有信明天送過來。』魏竹岡道：『我這個信不是甚麼容易復的，定要斟酌斟酌，且看他明日回信如何寫法，再作道理。倘若没有回信，好在你有位朋友在裏頭，就托他探個信，告訴我們一聲。或者再寫一封信去，或者商量别的辦法。』單太爺答應着，又说了些别的閑話，方才回去。按下不表。

且说周老爺自從辭别單太爺出城之后，一直回到船上。畢竟心懷鬼胎，見了胡統領比前反覺殷勤。胡統領本是個隨隨便便的人，倒也並不在意。等到晚上吃過夜飯，正是幾個隨員在大船上趨奉統領的時候，忽見船頭上傳進一封信來，说是本城紳衿魏大老爺那裏寫來的。胡統領聽了詫异，連忙接在手中一看，祇見上面寫明『内要信送呈胡大人勛啓』，下面祇寫着『魏緘』兩個字，還有『守候福音』四個小字。一頭拆信，一頭心上轉念：『我並不認得此人，這是那裏來的？』信鎮撫閩閫；乃祥不出此，而亦偏聽地方文武蒙蔽之言，以搜捕遺孽為名，縱所部兵四出劫掠，焚殺淫暴，無所不為。合境蒙冤，神人共憤。現在梓裏士民，有欲聯名赴省上控；幸鄙人與執事誼屬同門，交非泛泛，稔知此等舉動皆不肖將弁所為，閣下決不出此。惟探聞上控呈詞，業經擬定，共計八款，子目未詳。仍在知交，曷敢不以實告。應如何預為抵制之處，尚祈大才斟酌，並望示復為盼」各等語。單太爺看了，連連拍手稱妙。魏竹岡道：「我祇同他拉交情，招呼他，看他如何回答我。」單太爺道：「聽裏頭朋友說，他還有濫開保案、浮開報銷幾條大宗事，為什麼不一同敘進？」魏竹岡拿手指着「共計八款」四個字，說道：「一齊包括在內，給他個糊裏糊塗的好。等他來問我，我再一樣一樣的告訴他。我的信祇算要好通個信，我犯不着派他不是，所以信上有些話一齊托了別人的口氣，不說是我說的，祇要他覺着就是了。」單太爺聽了，以為佩服，連說：「到底竹翁先生是做八股做通的人，一通而無不通……小弟是沒有讀過書，主意雖有，提起筆來就要現原形的。」魏竹岡道：「這也怪不得你。你若八股做通，你早已上去，也不在這裏做紳衿了。」正說着，將信封好，開了信面。竹岡自己的跟人不在行，交給單太爺的小跟班即刻去送。叫他到船上說是魏家來的，守候回信。千萬不可說明是單太爺的家人。小跟班的答應着去了。約摸兩個鐘頭，方才拿了張回片回來，說：「有信明天送過來。」魏竹岡道：「我這個信不是甚麼容易復的，定要斟酌斟酌，且看他明日回信如何寫法，再作道理。倘若沒有回信，好在你有位朋友在裏頭，就托他探個信，告訴我們一聲。或者再寫一封信去，或者商量別的辦法。」單太爺答應着，又說了些別的閑話，方才回去，按下不表。

且說周老爺自從辭別單太爺出城之后，一直回到船上。畢竟心懷鬼胎，見了胡統領比前反覺殷勤。胡統領本是個隨隨便便的人，倒也並不在意。等到晚上吃過夜飯，正是幾個隨員在大船上趨奉統領的時候，忽見船頭上傳進一封信來，說是本城紳衿魏大老爺那裏寫來的。胡統領聽了詫異，連忙接在手中一看，祇見上面寫明「內要信送呈胡大人勛啟」，下面祇寫着「魏緘」兩個字，還有「守候福音」四個小字。一頭拆信，一頭心上轉念：「我並不認得此人，這是那裏來的？」信封拆破，掏出來一看，先是一張名片，刻着『魏翹』兩個大字；後面注着『拜謁留名，不作別用』八個紅字；另用墨筆添寫『號竹岡，某科舉人、某科進士、兵部主事、會試出某某先生之門。』胡統領看了明白：『是要我曉得他與我同門的意思。看來總是拉攏交情，爲借貸说項地步。』因此並不在意，從從容容將信取閱。及至看到一半，说着『並無土匪』的事，心中始覺慌張；兼之一路看來，無非責備他的話頭，因此心上很不舒服；及至臨了，叙到他兩個本是同門，因此特地前來關照，以及『鵠候回信』等語。他翻來復去看了兩遍，一聲不響。衆隨員瞧看也摸不着頭腦。周老爺雖已猜着九分九，也祇好裝作不知，一傍動問：『是那裏來信？爲的甚麼事情？』胡統領不说甚麼，但把信交在周老爺手中，说了聲『你去看』，自己躺下吃烟。周老爺接信在手，從頭至尾看了一遍。心内早已瞭然，口中不便说出。祇说：『奇怪得很！看他來信倒着實同大人要好，所以特地前來關照。』胡統領道：『他雖然與我同門，我又何曾認得他？你说他同我要好，所以特來關照；據我看來，祇怕不是好意思呢！』周老爺道：『這也不見得。倘若他不同大人同門，或者難保；既然同大人有此一層交情，借此拉攏，或者有之。倒是他信面上寫明白守候回信，現在怎樣回他？』胡統領道：『給他個回片，先叫來人轉去，等明天訪明實在，有回信再給他送去。』家人們答應一聲，取出名片交給來人，叫他回去銷差。

這裏胡統領抽了幾口烟，一聲不響；等到過足了癮，坐起來對周老爺说道：『我看這件事情不妙。——好在眼前都是自己人。——這件事情倘若鬧了出來，終究有點不便。怎麼想個法子預先布置布置的好。事不宜遲，辦事越慢，花錢越多。就是我從前謀這個差使的時候，軍機王大人跟前經手的朋友是他的内侄，這條路原是再好没有。他祇叫我送三千銀子的贄見，包我得這個差使。我嫌多没有理他。後來托了別人，一花花了五千，經手的還要謝儀，一共花了六千，足足的耽擱了半年事情才成功。兄弟是過來人，這點機關我還懂得。諸位替我想想看，可是不是？』文七爺接口道：『大人這事怕什麼！大人是上頭派了來的，無論事情辦的錯不錯，一來上頭總得護着大人，斷不肯自己認錯；二來縣裏有他們鄉下人的甘結、領狀，都是真憑實據。他們封拆破，倘出來一看，先是一張名片，刻着一兩個大字；後面注着「拜謁留名，不作別用」八個紅字；另用墨筆添寫「號竹圃」，某科舉人、某科進士、兵部主事、會試出某某先生之門。」胡統領看了明白：「是要我曉得他與我同門的意思。看來總是拉攏交情，為借說項地步。」因此並不在意，從從容容將信展閱。及至看到一半，說着「並無土匪」的事，心中始覺慌張；兼之一路看來，無非責備他的話頭，因此心上很不舒服；及至臨了，敘到他兩個本是同門，因此特地前來關照，以及「誨候回信」等語。他翻來覆去看了兩遍，一聲不響。衆隨員瞧看也摸不着頭腦。周老爺雖已猜着九分九，也祇好裝作不知，一傍動問：「是那裏來信？為的甚麼事情？」胡統領不說甚麼，但把信交在周老爺手中，說了聲「你去看」，自己躺下吃煙。周老爺接信在手，從頭至尾看了一遍。心內早已瞭然，口中不便說出。祇說：「奇怪得很！看他來信倒着實同大人要好，所以特地前來關照。」胡統領道：「他雖然與我同門，我又何曾認得他？你說他同我要好，所以特來關照；據我看來，祇怕不是好意思呢！」周老爺道：「這也不見得。倘若他不同大人同門，或者難保；既然同大人有此一層交情，借此拉攏，或者有之。倒是他信面上寫明白守候回信，現在怎樣回他？」胡統領道：「給他個回片，先叫來人轉去；等明天訪明實在，有回信再給他送去。」家人們答應一聲，取出名片交給來人，叫他回去銷差。

這裏胡統領抽了幾口煙，一聲不響；等到過足了癮，坐起來對周老爺說道：「我看這件事情不妙。——好在眼前都是自己人。——這件事情倘若鬧了出來，終究有點不便。怎麼想個法子預先布置布置的好。事不宜遲，辦事越慢，花錢越多。就是我從前謀這個差使的時候，軍機王大人跟前經手的朋友是他的內侄，這條路原是再好沒有。他祇叫我送三千銀子的貫見，包我得這個差使。我嫌多沒有理他。後來托了別人，一花花了五千，經手的還要謝儀，一共花了六千，足足的耽擱了半年事情才成功。兄弟是過來人，這點機關我還懂得。諸位替我想想着，可是不是？」文七爺接口道：「大人這事怕什麼！大人是上頭派了來的，無論事情辦的錯不錯，一來上頭總得護着大人，斷不肯自已經請；二來縣裏有他們鄉下人的甘結，領狀，都是真憑實據。他們有多大膽子敢上控！直捷可以不理他。」胡統領尚未開言，周老爺道：「怕呢原是没有什麼怕他，但是等到事情鬧出來，大家没有味，這種人直捷是地方上的無賴，勝之不足爲榮，敗之反足爲辱。還是大人的明鑒，預先布置的好。」文七爺道：「祇要我們理直氣壯，怕他怎的！」胡統領道：「文大哥，周某人話不錯。兄弟的脾氣，寧可息事，花兩錢算什麼，祇要小的去，大的來，就有在裏頭了。但是總得有個人先去探探口氣，我們才好商量。」周老爺道：「是。先去探探口氣，果然是美意，我們也樂得同他拉攏拉攏。大人就給他一角公事，或者請他清查本地被土匪擾害的災户，借此爲名，等他開支幾兩銀子的薪水：這是好的一面说法。倘若存了别的主意，大人跟前卑職要直談的，那是他一定存了敲竹杠的意思。但是現在先寫信，看來事情一定還可挽回，大人也不必煩心。這裏的捕廳姓單，同卑職是十幾年的相好，聽说他同本地這些人還聯絡得來，卑職就去找他當中疏通疏通，將來事成之後，大案裏頭，求大人賞他一個保舉就是了。」胡統領道：「這是惠而不費的，我又何樂而不爲呢。但是你老哥見了單縣丞，祇说你托他，不必提出我來。各式事情，我們心照就是了。」周老爺答應着说：「明天一早就進城去。事情要辦的快，總要明天一天裏頭了結才好。」胡統領道：「是啊。如此我也不留你們多坐了。你們各自回船歇息，明天好辦正經。」於是各隨員一齊辭别退去。

到了次日，周老爺果然起了一個早，坐轎進城會見單太爺，講起昨夜統領的情形，知道事有把握。單太爺幫着敲了竹杠，統領還要保舉他，真是名利兼收，非常之喜，連说：「晚生倘能因此過班，已是老堂翁的提拔。……至於銀錢裏頭，用着晚生出力的地方，晚生無不竭力，無論多少好處，一齊都是你堂翁的。至於魏老朋友那裏，有兄弟去抗，少則一頭二千，多則三五六千，隨你堂翁的便。他坐在家裏那裏來得這些銀子，多了豈不是白便易他呢。」周老爺聽了，自然也自歡喜。又商量了一回，仍舊出城禀見統領，说起這魏竹岡的爲人：「據單縣丞说，竟其不是個好東西，而且同京裏張倡言張御史是姑表兄弟，所以在地方上很不安分。地方官看他表弟面上，有些事情都讓他，不同他計較。單縣丞雖然同他要好，曉得他利心太重，有些話也祇好说同他計較。單縣丞雖然同他要好，曉得他利心太重，有些話也祇好說所以在地方上很不安分。地方官看他表弟面上，有些事情都讓他，不單縣丞說，竟其不是個好東西，而且同京裏張侍御史是姑表兄弟，歡喜。又商量了一回，仍舊出城稟見統領，說起這魏竹岡的爲人：「據裏來得這些銀子，多了豈不是白便宜他呢。」周老爺聽了，自然也自去抗。少則一頭二千，多則三五六千，隨你堂翁的便。他坐在家裏那力，無論多少好處，一齊都是你堂翁的。至於魏老明友那裏，有兄弟老堂翁的提拔。……至於銀錢裏頭，用着晚生出力的地方，晚生無不竭舉他，真是名利兼收，非常之喜，連說：「晚生倘能因此邀遇，這是昨夜總領的情形，知道事有把握。單太爺幫着敲了竹杠，統領還要保

到了次日，周老爺果然起了一個早，坐轎進城會見單太爺，講起明天好辦正經。」於是各隨員一齊辭別出去。

胡統領道：「是啊。如此我也不留你們多坐了。你們各自回船歇息，明天一早就進城去。事情要辦的快，總要明天一天裏頭了結才好。一托他，不必提出我來。各式事情，我們心照就是了。」周老爺答應着說：

是惠而不費的。我又何樂而不爲呢。但是你去見了單縣丞，祇說你成之後，大家裏頭，求大人賞他一個保舉就是了。」胡統領道：「這說他同本地這些人還聯絡得來，卑職就去找他當中疏通疏通，將來事回，大人也不必煩心。這裏的補廳姓單，同卑職是十幾年的相好，聽是他一定存了敲竹杠的意思。但是現在先寫信，看來事情一定還可挽這是好的一面說法。倘若存了別的主意，大人跟前卑職要直說的，那他清查本地被土匪擾害的災戶，借此爲名，等他開支幾兩銀子的薪水：然是美意，我們也樂得同他拉攏拉攏。大人就給他一角公事，或者請去探探口氣，我們才好商量。」周老爺道：「是。先去探探口氣，果錢算什麼，祇要小的去，大的來，就有在裏頭了。但是總得有個人先胡統領道：「文大哥，周某人話不錯。兄弟的脾氣，寧可息事，化兩明白。預先布置的好。」文七爺道：「祇要我們理直氣壯，怕他怎的！」人直捷是地方上的無賴，勝之不足爲榮，敗之反足爲辱。還是大人的「怕呢原是沒有什麼怕他，但是等到事情鬧出來，大家沒有味，這種有多大膽子敢上控！直捷可以不理他。」胡統領道：

起來看。總之，想敲一個大竹杠是實情。」胡統領聽了躊躇道：「少呢，我們那裏不花兩錢，如果要的多，也衹好聽他的便了。」周老爺道：「據單縣丞説，衹怕開出口來不會少呢！」胡統領聽了詫异道：「怎麽單縣丞曉得他要敲我的竹杠？」周老爺連忙分辨道：「他如何會曉得，也不過外頭聽來的傳言，他聽見大人肯賞他保舉，他感激的了不得，立刻就到姓魏的那裏探聽去了。」

周老爺正同統領説話的時候，忽然船頭上有人來回説：「有客到隔壁船上拜周老爺。」周老爺道：「衹怕是單縣丞探了口氣來了。」統領道：「論不定就是他，你快過去看看罷。」周老爺辭別出來，回到自己船上，果然是單太爺。當時因人多不便説話，便把他拉到耳艙裏，兩個人鬼鬼祟祟的半天。周老爺送客出來，一直仍回到統領船上。一進門見了統領，便嚷道：「真正想不到的事情，簡捷要把卑職氣死！怎麽不做一個好人，一定要敲竹杠！」胡統領忙問：「怎的？」周老爺衹顧説他自己的話，説道：「他上天討價，不能不由我落地還錢。且看單太爺去説，他能聽不能聽，再作道理。」胡統領忙問：「到底

他要多少數目？」周老爺道：「大人估量他要多少？」胡統領道：「多則五千，少則三千。」周老爺道：「三千再加一百倍！」胡統領楞了一楞，舌頭一伸，道：「怎麽一百倍？」周老爺道：「他開口就是三十萬，豈不是一百倍。」胡統領道：「他的心比誰還狠！咱們辛苦了一趟，所爲何事，他竟要一網打盡，我們還要吃甚麽呢。你怎麽回頭他的？」周老爺道：「回頭了他恐防生變。卑職總想着大人『寧可息事』的一句話，衹同他講價錢，不同他翻臉。」胡統領道：「你到底同他講多少？」周老爺道：「他開的盤子太大了，過少不好出口，卑職還了他三萬。」胡統領聽了，默默無語。停了好半天，又問道：「你還他三萬，他答應不答應呢？」周老爺道：「他要三十萬，是單縣丞傳來的。卑職衹還個數目給他，不曉得他答應不答應。」胡統領聽了摇摇頭，説道：「都要像這樣敲起來，一個三萬，十個就是三十萬。我的錢有完的時候，他們的竹杠没有完的時候。這個我吃不了！你替我回頭他：有什麽本事衹管施來，我不怕；如若要錢，我没有。」

周老爺聽了，陡的吃了一驚，心上思量道：「怎麽這件事他倒變

起來看。總之，想敲一個大竹杠是實情。」胡統領聽了躊躇道：「少呢，我們那裏不花兩錢，如果要的多，也祇好聽他的便了。」周老爺道：「據單縣丞說，祇怕開出口來不會少呢！」胡統領聽了詫異道：「怎麼單縣丞聽得他要敲我的竹杠？」周老爺連忙分辯道：「他如何會曉得，也不過外頭聽來的傳言，他聽見大人肯賞他臉，他感激的了不得，立刻就到姓魏的那裏探聽去了。」

周老爺正同統領說話的時候，忽然船頭上有人來回說：「有客到隔壁船上，拜了周老爺。」周老爺道：「祇怕是單縣丞探了口氣來了。」統領道：「論不定就是他，你快過去看看罷。」周老爺辭別出來，回到自己船上，果然是單太爺。當時因人多不便說話，便把他拉到耳艙裏，兩個人鬼鬼祟祟的半天。周老爺送客出來，一直仍回到統領船上。一進門見了統領，便嚷道：「真正想不到的事情，簡捷要把卑職氣死！怎麼不做一個好人，一定要敲竹杠！」胡統領忙問：「怎的？」周老爺祇顧說他自己的話，說道：「他上天討價，不能不由我落地還錢。且有單太爺去說，他能聽不能聽，再作道理。」胡統領忙問：「到底

他要多少數目？」周老爺道：「大人估量他要多少？」胡統領道：「多則五千，少則三千。」周老爺道：「三千再加一百倍！」胡統領嚇了一跳，舌頭一伸，道：「怎麼，一百倍？」周老爺道：「他開口就是三十萬，豈不是一百倍！」胡統領道：「他的心比誰還狠！咱們辛苦了一趟，所為何事，他竟要一網打盡，我們還要吃甚麼呢。你怎麼回頭他的？」周老爺道：「回頭了他恐防生變。卑職總想着大人『寧可息事』的一句話，祇同他講價錢，不同他翻臉。」胡統領道：「你到底同他講多少？」周老爺道：「他開的盤子太大了，過心不好出口，卑職還了他二萬。」胡統領聽了，默默無語。停了好半天，又問道：「你還他二萬，他答應不答應呢？」周老爺道：「他要三十萬，是單縣丞傳來的。卑職祇還他個數目給他，不曉得他答應不答應。」胡統領聽了搖搖頭，說道：「祇要像這樣敲起來，一個三萬，十個就是三十萬。我的錢有完的時候，他們的竹杠沒有完的時候。這個我吃不了！你替我回頭他：有什麼本事祇管施來，我不怕；如若要錢，我沒有。」

周老爺聽了，倒吃了一驚，心上思量道：「怎麼這件事他倒變

起卦來？而且也不像他平日爲人。』但是碰了下來，也不好説别的，衹搭訕着説道：『卑職這事是仰體大人意思做的，所以敢還他一個價。横竪這點數目總還開銷得出。』胡統領一聽話中有因，明明説他的錢是賺來的，揭着他的痛瘡，心上越發生氣。其時天氣已交小寒，胡統領穿着一件棗兒紅的大毛袍子，没有扎腰，也没有穿馬褂；頭上戴着『皮困秋』；脚下登着薄底京靴；因爲烘眼，戴了一付又大又圓的墨晶眼鏡；一手捧着水烟袋，一手绺着老鼠鬍子；坐在床邊上，摇來摇去，床上點着烟燈。衹見他的面孔比鐵還青，坐了老半天，一聲不響。周老爺也衹好相對無言。又歇了一會，説道：『我替他們地方上辦了這麽大的一件事，一把萬民傘都没有，還來敲我的竹杠！』周老爺道：『等卑職出去通個風給他們，一定有得來的。』胡統領道：『算了罷！我省得三萬銀子，至少幾千把萬民傘好做。這個虛體面，我如今亦不在乎了！』周老爺一連碰了幾個釘子，滿肚皮不願意，癟在肚裏不敢響。聽他的口音，三萬頭還賴着不肯出。一時不敢多説，衹得隨便敷衍了幾句，搭訕着出去。

回到自己船上，踱來踱去，一時想不出主意。想了半天，忽然想到建德縣莊某人，統領同他還説得來，衹好請他來打個圓場，或者有個挽回，到底撈他兩個。主意打定，便去拜見莊大老爺，言明來意，衹説：『外頭風聲甚是不好；雖然鄉下人都有真憑實據在我們手裏，到底鬧出來總不好看。魏竹岡是着名的無賴，送他兩個，堵堵他的嘴，我們省聽多少閑話。』莊大老爺聽了，心想：『上回鄉下人的事情，雖然我替統領竭力的做了下來；然而對得住上司，畢竟對不住百姓，早晚總有一個反復。倒不如等他們出兩個錢，我也免得後患。』想罷，便連聲稱『是……』。又道：『統領脾氣，兄弟是曉得的，等兄弟去勸他，應該總答應。』周老爺感激不盡，辭别出門。不多時候，莊大老爺也就來了。見了統領，閑談了幾句，慢慢講到此事。胡統領咬定一口不答應，還説了許多閑話，總怪周老爺幫着外頭人。又説：『兄弟這趟差使是苦差使，瞞不過諸公的。周某人總想多開銷兄弟兩個他才高興，不曉得他存着一個甚麽心。像你老哥才算得真能辦事情的人。』莊大老爺隨便替周老爺分辨了兩句，把嘴凑在統領耳朵上，咕咕唧唧起非來？而且也不像他平日為人。」但是睡了不來，也不好說別的，祇搭訕著說道：「卑職這事是仰體大人意思做的，所以敢還他一個價。橫豎這點數目總還開銷得出。」胡統領一聽話中有因，明明說他的錢是賺來的，搞著他的痛瘡，心上越發生氣。其時天氣已交小寒，胡統領穿著一件棗兒紅的大毛袍子，沒有扎腰，也沒有穿馬褂；頭上戴著一頂「困秋」；腳下登著薄底京靴；因為怕冷，戴了一付又大又圓的墨晶眼鏡；一手捧著水煙袋，一手拈著老鼠鬍子；坐在床邊上，搖來搖去，床上點著煙燈。祇見他的面孔比鐵還青，坐了老半天，一聲不響。周老爺也祇好相對無言。又歇了一會，說道：「我替他們地方上辦了這麼大的一件事，一把萬民傘都沒有，還來敲我的竹杠！」周老爺道：「卑職出去通個風給他們，一定有得來的。」胡統領道：「算了罷！我省得三萬頭了，至少幾千把萬民傘好做。這個虛體面，我如今亦不在乎了！」周老爺一連碰了幾個釘子，滿肚皮不願意，擱在肚裏不敢響。聽他的口音，三萬頭還賴著不肯出。一時不敢多說，祇得隨便敷衍了幾句，搭訕著出去。

回到自己船上，踱來踱去，一時想不出主意。想了半天，忽然想到建德縣莊某人，統領同他還說得來，祇好請他來打個圓場，或者有個挽回，倒底勝他兩個。主意打定，便去拜見莊大老爺，言明來意，祇說：「外頭風聲甚是不好；雖然縣下人都有真憑實據在我們手裏，到底鬧出來總不好看。況他們是有名的無賴，送他兩個，堵堵他的嘴，我們省聽多少閑話。」莊大老爺聽了，心想：「上回拿下人的事情，雖然我替統領竭力的辦了下來，然而對待上司，畢竟對不住百姓，早晚總有一個反復。倒不如等他們出兩個錢，我也免得後患。」想罷，便連聲稱「是……」。又道：「統領脾氣，兄弟是曉得的，等兄弟去勸他，應該盡答應。」周老爺感激不盡，辭別出門。不多時候，莊大老爺也就來了。見了統領，閑談了幾句，慢慢講到此事。胡統領咬定一口不答應，還說了許多閑話，總怪周老爺顧着外頭人。又說：「兄弟這趟差使是苦差使，瞞不過諸公的。周某人總想多開銷兄弟兩個，他不高興，不曉得他存着一個甚麼心。像你老哥才算得真能辦事情的人。」莊大老爺隨便替周老爺分辨了兩句，一把嘴湊在統領耳朵上，唧唧咕咕了半天。稱見統領皺一回眉，搖一回頭；後來漸漸有了笑容，一連把頭點了幾點，方才高聲说道：『這件事，兄弟總看你老哥的面子；如果是别人，兄弟一定不能答應。』莊大老爺又重新謝過，辭别回去不題。

單说胡統領此番雖然聽了莊大老爺的話，答應送魏竹岡三萬銀子，托爲布置一切；他的初意，因爲不放心周老爺，一定要莊大老爺經手。莊大老爺明曉得這裏頭周某人有好處，而且當面又托過，犯不着做甚麼惡人，所以求了統領，仍交周某人經手。統領面子上雖然答應，等周老爺上來請示要劃這筆銀子，他老人家總是推三阻四，一連耽擱了好幾天亦没有吩咐下來。周老爺心上着急，又不好十分催他。而且胡統領有意爲難，過了兩天，竟其推病不見客，連周老爺來見也是不見。等到病好，周老爺再上去請示，倒说：『兄弟那裏來的錢？還是老兄外頭面子大，交情多，無論那裏先替兄弟拉三萬銀子；隨后等兄弟有了缺，本利一個不少他的就是了。』周老爺聽了，氣得半天说不出話來。意思待要發作兩句，既而一想：『好漢不吃眼前虧。且讓他一步，再作道理。』回到自己船上，越想越氣。忽又想到：『戴大理的話真

是一點不錯。橫竪總不落好，碰見這種人祇好同他硬做。但是一件：銀錢是黄仲皆經管，我今同他商量，他是個膽小人，一定不肯答應；與其碰了回來，不如不張口爲妙。』想來想去，一夜未眠。

次日一早起身，正在一個人盤算主意的時候，齊巧單太爺前來探信。周老爺一想：『他來得凑巧，我今姑且同他商量。』當下請進，見面叙坐。周老爺先開口道：『一連接到老哥三張條子，爲着事情大有反復，所以一直未能報命。』單太爺道：『晚生並不敢來催堂翁，祇因魏竹岡天天派人到晚生那裏來討回信，賽如欠了他的債一般。這種人真正可惡！晚生想不去理他，又怕耽誤了堂翁這邊的事，統領跟前無以交代，所以急於兩面圓場。也曉得堂翁這裏事情多，不好爲着這點小事情時來絮聒，爲的實係被催不過，所以寫過幾封信，意思想討堂翁一個回信，晚生也好回復前途。一連幾日，既未見堂翁進城，事情如何又未蒙臺諭，所以晚生祇得自己過來，一來請請安，二來請個示，到底這事如何辦法？』周老爺聽了，皺了一皺眉頭，说道：『兄弟亦正因此事爲難，正想進城同老哥商量，現在老哥來此甚好。』單

了半天。稍見統領皺一回眉，搖一回頭，後來漸漸有了笑容，一連把頭點了幾點，方才高聲說道：「這件事，兄弟總看你老哥的面子；如果是別人，兄弟一定不能答應。」莊大老爺又重新謝過，辭別回去，不題。

單說胡統領此番雖然聽了莊大老爺的話，答應送魏竹岡三萬銀子，托爲布置一切；推他初意，因爲不放心周老爺，一定要莊大老爺經手，莊大老爺明曉得這裏頭周某人有好處，而且當面又托過，犯不着做甚麼惡人，所以來了統領，仍交周某人經手。統領面子上雖然答應，等周老爺上來請示要劃這筆銀子，他老人家總是推三阻四，一連既擱了好幾天亦沒有吩咐下來。周老爺心上着急，又不好十分催他。而且胡統領有意爲難，過了兩天，竟其推病不見客，連周老爺來見也是不見。等到病好，周老爺再上去請示，他倒說：「兄弟那裏來的錢？還是老兄外頭面子大，交情多，無論那裏先替兄弟拉三萬銀子；隨后等兄弟有了缺，本利一個不少他的就是了。」周老爺聽了，氣得半天說不出話來。意思待要發作兩句，既而一想：「好漢不吃眼前虧。且讓他一步，再作道理。」一回到自己船上，越想越氣。忽又想到：「戴大理的話真是一點不錯。橫豎總不落好，既見這種人祇好同他硬做。但是一件：銀錢是黃中堂經管，我今同他商量，他是個膽小人，一定不肯答應；與其碰了回來，不如不張口爲妙。」想來想去，一夜未眠。

次日一早起身，正在一個人盤算主意的時候，齊巧單太爺前來探信。周老爺一想：「他來得湊巧，我今姑且同他商量。」當下請進，見面敘坐。周老爺先開口道：「一連接到老哥三張條子，爲着事情大有反復，所以一直未能報命。」單太爺道：「晚生並不敢來催堂翁，祇因魏竹岡天天派人到晚生那裏來討回信，賽如欠了他的債一般。這種人真正可惡！晚生想不去理他，又怕耽誤了堂翁這邊的事。統領前無以交代，所以急於兩面圓場。也曉得堂翁這裏事情多，不好爲着這點小事情，時來絮聒，爲的實係被催不過，所以寫過幾封信，意思總討堂翁一個回信，晚生也好回復前途。一連幾日，既未見堂翁進城，事情如何又未蒙臺諭，所以晚生祇得自己過來，一來請請安，二來請個示，到底這事如何辦法？」周老爺聽了，皺了一皺眉頭，說道：「兄弟亦正因此事爲難，正想邀同老哥商量，現在老哥來此甚好。「單太爺道：『怎麼説？』周老爺把嘴凑在他耳朵邊，將此事始末緣由，他如何爲難，統領如何蠻横，現在想賴這筆銀子的話，説了一遍。單太爺聽了，想了一回，説道：『堂翁現在意下如何？』周老爺道：『這種人不到黄河心不死。現在横竪我們總不落好，索性給他一個一不做，二不休。你看如何？』單太爺道：『任憑他們去上控？』周老爺道：『猶不止此。』單太爺詫异道：『還要怎樣？』周老爺楞了半天，方説道：『論理呢，我們原不應該下此毒手；但是他這人横竪拿着好人當壞人的，出了好心没有好報，我也犯不着替他了事。依我的意思，單叫人去上控還是便易他，最好弄個人從裏頭參出來，給他一個迅雷不及掩耳。要賺大家賺，要漂大家漂，何苦單單便易他一個。我上回恍惚聽你老哥説起，張昌言張御史同魏竹岡是表兄弟，可有這個話？』單太爺道：『他倆不錯是表兄弟。但是他如今通信不通信，須得問問魏竹岡方曉得。』周老爺道：『我想托你去找找他，通個信到京裏幹他一下子，你看怎樣？』單太爺道：『衹要他肯寫信，那是没有不成功的。』但是一件，事情越鬧越大，將來怎麼收功？於他固然有損，於我們亦何嘗有益呢？』周老爺道：『我不爲别的，我定要出這一口氣，就是張都老爺那裏稍須要點綴點綴，這個錢我也肯拿。』

單太爺一聽他肯拿錢，便也心中一動，辭别起身，去找魏竹岡。兩人見面之下，魏竹岡曉得事情不成功，這一氣也非同小可，大罵胡統領不止。立刻要親自進省去上控，不怕弄他不倒。單太爺道：『現在縣裏有了憑據，所以他們有恃無恐。他是省裏委下來的，撫臺一定幫好了他。官司打不贏，徒然討場没趣。』魏竹岡道：『省控不準就京控。』單太爺道：『你有閑工夫同他去打，這筆打官司的錢那裏來呢？』魏竹岡一聽這話有理，半天不語。單太爺道：『你令親在京裏，不好托托他想個法子嗎？』魏竹岡道：『再不要提起我們那位舍表弟。他自從補了御史，時常寫信來托我替他拉賣買。我這趟在屯溪替他拉到一注，人家送了五百兩。我不想賺他的，同他好商量，在裏頭挪出二百我用；誰知他來信一定不肯，説年底下空子多，好歹叫我匯給他。還説明：「將來你表兄有什麼事情，小弟無不竭力幫忙，應該要一百的，打個對折就够了。」老父臺，你想想看，我老表兄的事情，他不肯説

不要錢，祇肯打個對折，你说他這要錢的心可多狠！』單太爺道：『不管他心狠不心狠，「千里爲官祇爲財」，這個錢也是他們做都老爺的人應該要的。不然，他們在京裏，難道叫他喝西北風不成？』魏竹岡道：『閑話少说，現在我就寫信去托。但是一件，空口说白話，恐怕不着力，前途要有點说法方好。』單太爺道：『看上去不至於落空。至於一定要若干，我却不敢包場。』魏竹岡道：『到底肯出若干買他這個折子？』單太爺道：『現在已到年下了，送點小意思，總算個炭敬罷了。』魏竹岡道：『炭敬亦有多少：一萬、八萬也是，三十、二十亦是。到底若幹，说明白了我好去托他。你不知道他們這些都老爺賣折參人，同大老官們寫信，都與做買賣一樣，一兩銀子，就還你一兩銀子的貨；十兩銀子，就還你十兩銀子的貨：却最爲公氣，一點不肯騙人的。所以叫人家相信，肯拿銀子送給他用。我看這件事情總算兄弟家鄉的事情，於兄弟也有關係，你也一定有人托你。你就同前途说，叫他拿五百兩銀子，我替他包辦。』單太爺道：『五百太多罷？』魏竹岡道：『論起這件事來，五千也不爲多。現在一來是你老哥來托我，二來舍表弟那裏我也好措辭。總而言之：這件事參出去，胡統領一面多少總可以生法，還可以「樹上開花」。不過借我們這點當作藥錢，好處在後頭，所以不必叫他多要。你如今連個「名世之數」都不肯出，真正大才小用了。』單太爺道：『這錢也不是我出，等我同前途商量好了再來復你。』魏竹岡道：『要寫信，早給兄弟一個回頭。』單太爺道：『這個自然。』说完别去。

當晚出城，找到周老爺说：『姓魏的答應寫信，言明一千銀子包辦。』周老爺聽了嫌多。當下同單太爺再三斟酌，祇出六百銀子。單太爺無奈，祇得拿了三百銀子去托魏竹岡说：『前途實在拿不出。大小是件生意，你就賤賣一次，以後補你的情便了。』魏竹岡起先還不答應。禁不住單太爺涎臉相求，魏竹岡祇得應允。等到單太爺去後，寫了一封信，祇封得五十銀子給他表弟，托他奏參出去。以後如何，且聽下回分解。

第十八回　頌德政大令挖腰包　查參案隨員賣關節

却说胡統領自從到了嚴州，本地地方官備了行轅，屢次請他上岸去住，無奈他迷戀龍珠，爲色所困，難捨難分，所以一直就在船上打了『水公館』。後來接到上憲來文，叫他回省，他便把經手未完事件趕辦清楚，定期動身。此番出省剿匪，共計浮開報銷三十八萬之譜：有些已經開支，有的尚待回省補領。胡統領心滿意足。自己想想，總覺有點過意不去，便於其中提出二萬：一萬派給衆位文武隨員，以及老夫子、家人等衆，一來叫他們感激，二來也好堵堵他們的嘴。周老爺雖非統領所喜，因爲一切事情都是他經手，特地分給他三千。下餘的一千、八百，三百、五百，大小不等。趙不了頂没用，也分到一百五十兩銀子，比起統領頂得意的門上曹二爺雖覺不如，在他已經樂的不可收拾了。

尚有一萬，由統領交托周老爺，说道：『本地紳士魏竹岡，他要敲兄弟三萬，他的心未免太狠，我一時那裏來得及。現在把這一萬銀子，托老兄替兄弟去安排安排，免得他們说話，大家不乾净。倘若不够，衹得請老兄替兄弟代挪數千金補上；再要多，我可没有了。』周老爺聽了，心下尋思道：『我的媽！你這錢若肯早拿幾天，我也不至於托姓魏的寫信到京裏去了。現在事已如此，再出多些也無益，我樂得自己上腰，也犯不着再給姓魏的。我有了這個錢，回省之后另打主意，或者仍往山東一跑，將來就是他們參了出來，弄到放欽差查辦，也與我不相干涉。』主意打定，仍舊恭而且敬的回答統領道：『大人委辦的事，卑職没有不盡心的。齊巧這兩天他們那邊也鬆了下來，大約一萬就可了事。』胡統領道：『可見這些人是賤的。你不理他，一萬也就好了；你若是依着他，衹怕三萬也不會了事。』周老爺心裏好笑，嘴裏不作聲。

胡統領道：『現在錢也出了，我的萬民傘呢？這點虚面子，他們總不好少我的罷？』周老爺道：『這個自然。』胡統領道：『一萬銀子買幾把布傘，我還是不要的好。』周老爺道：『叫他們送緞子的。城裏一把，四鄉四把，至少也得五把。』胡統領道：『我不是稀罕這個，爲的是面子，被上司曉得，還说我替地方上出了怎麽大一把力，連把

第十八回　頌德政大令挖腰包　查參案議員會關節

却說胡統領自從到了嚴州，本地地方官備了行轅，屢次請他上岸去住，無奈他迷戀龍珠，爲色所困，雖搭篷分，所以一直就在船上打了一水公館。後來接到上憲來文，叫他回省，他便把經手未完事件趕辦清楚，定期動身。此番出省剿匪，共計浮開報銷二十八萬之譜：有些已經開支，有的尚待回省補領。胡統領心滿意足，自己想想，總覺有點過意不去，便於其中提出二萬：一萬派給衆位文武隨員，以及老夫子，家人等衆，一來叫他們感激，二來也好堵堵他們的嘴。周老爺雖非統領所喜，因爲一切事情都是他經手，特地分給他二千。下餘的一千八百、二百、五百，大小不等。趙不了頂沒用，也分到一百五十兩銀子，比起統領頂得意的門上曹二爺雖覺不如，在他已經樂的不可收拾了。

尚有一萬，由統領交托周老爺，說道：「一本地紳士鬧了回，他要敲兄弟三萬，他的心未免太狠，我一時那裏來得及。現在把這一萬銀子，托老兄替兄弟去安排安排，免得他們說話，大家不乾淨。倘若不够，祇得請老兄替兄弟代挪數千金補上；再要多，我可沒有了。」周老爺聽了，心下尋思道：「一錢的嫖！你這錢若肯早幾天，我也不至於托送錢的寫信到京裏去了。現在事已如此，再出多些也無益，我樂得自己上腰，也犯不着再給他錢。我有了這個錢，回省之後另打主意，或者仍往山東一跑，將來就是他們參了出來，弄到欽差查辦，也與我不相干涉。」主意打定，仍舊恭而且敬的回答統領道：「大人委辦的事，卑職沒有不盡心的。齊巧這兩天他們那邊也鬆了下來，大約一萬就可了事。」胡統領道：「可見這些人是賤的。你不理他，一萬也就好了；你若是依着他，祇怕三萬也不會了事。」周老爺心裏好笑，嘴裏不作聲。

胡統領道：「現在錢也出了，我的萬民傘呢？這點虛面子，他們總不好少我的罷？」周老爺道：「這個自然。」胡統領道：「一萬銀子買幾把布傘，我還是不要的好。」周老爺道：「叫他們送幾十的。城裏一把，四鄉四把，至少也得五把。」胡統領道：「我不是稀罕這個，爲的是面子，就上司曉得，還說我們地方上出了這麼大一把力，連把萬民傘還没有，面子上说不下去。』周老爺答應着。見話说完，退了下去。一頭走，一頭想，心想：『這送萬民傘的事情須得同本地紳士商量。現在這些人一齊把統領恨如切骨，说上去非但不聽，而且還要受他們的句子。不如且到縣裏同莊某人斟酌斟酌再说。』主意打定，立刻坐了轎子到縣裏拜會莊大老爺，说明來意。莊大老爺道：『我雖是地方官，這件事也不好勉强他們，須得他們願意。而且我也不好同他們去談這個。你去找找捕廳單某人，他與本地紳士還聯絡，不如叫他去说说看。说成了固然是好；倘若不成功，他的主意多，叫他想個法子弄幾把傘，有幾個人送了去，統領面子上糊得過，不就結了嗎？』周老爺道：『單某人是我認得的，如此即刻我去找他。』说完辭了出來。捕廳就在縣衙東面，也不用坐轎子，踱了過來。單太爺接着，寒暄之后，便問：『老堂臺同統領幾時動身？晚生明日還要請老堂臺叙叙，一定要賞光的。』周老爺自然謙了幾句，便將來意告知。單太爺道：『紳士、商人於統領的口碑都有限，如今叫他們送萬民傘，就是貼了錢也萬萬不會成功：不如不去的好。老堂臺如果怕統領面子上難以交代，晚生有句老實話：除非統領大人自己挖腰包不可。若以現在外面口碑而論，就是統領大人自己把牌、傘做好交給他們，他們也未必就肯送來，因爲來了就要磕頭的。老堂臺如今要辦這個，依晚生愚見，這筆錢是没有人肯出的。果然自己挖腰包把傘做好，由晚生這裏雇幾個人替你掮了去，也還容易。但是這些戴頂子送的人那裏去找？』周老爺聽了不語，心下尋思道：『好在我已拿着他一萬銀子，拼出一二百塊錢，做幾把傘、四扇牌應酬他也不打緊。』想罷，便對單太爺道：『這個錢現在歸兄弟拿出來，你不必愁。但是請幾位朋友去送，總得你老哥想個法子，到底你老哥在這裏做官做久了，外面人頭熟，说出去的話，人家總得還你個面子。』單太爺道：『人頭果然熟，然而也要看甚麼事情。我替老堂臺想，你們帶來的營頭，還有炮船那些統領、幫帶、哨官、什長，那一個不是颜色頂子。去同他們商量，到了那天檢幾個永遠見不着統領面的，叫他們穿着衣帽來送，就说是本地紳衿。横竪進來磕過頭就出去的，誰能辨他是真假呢？』

周老爺一聽不錯，連稱：『老哥所说極是，兄弟一定照辦……』又

把做萬民牌、傘的事托單太爺代辦。單太爺問：『做甚麼樣子的？』周老爺說：『要緞子的。』單太爺楞了一楞道：『緞子的太費罷？』周老爺道：『不用緞子，至少也得綾子。你老哥瞧着看，怎麼省錢，怎麼好看怎麼辦。兄弟的事情，你老哥還肯叫我多化錢嗎。』說着又問：『幾天做好？何日去送？』單太爺屈指一算，說：『今天不算，總得兩天做成，一準第三天送就是了。』周老爺回到城外，先去找了趙大人、魯總爺一幫人，商量妥當，把人頭派齊。然後回到大船上稟知統領，統領自然無話。預備第三天早上收過萬民傘、德政牌之后，飯后開船回省。

正是光陰迅速，轉瞬間已到了第二天了。這天合城文武在本府衙門備了滿漢全席，公餞統領，並請了周老爺、趙不了等一班隨員、老夫子作陪，又傳了一班戲在廳上唱着。當下自然是胡統領坐了居中第一位，衆官左右相陪。胡統領穿的是吉祥狽缺衿袍子，反穿金絲猴馬褂。臺子面前放着一個大火盆，燒着通紅的炭。十多個穿袍套的管家，左右分班上菜斟酒。從午后兩點鐘入座，一直吃到上燈還沒有完。胡統領嘴裏喝着酒，眼裏看着戲，正在出神時候，不提防一陣風來，把戲臺上一幅彩綢吹在蠟燭上，登時燒將起來。雖然當時就被人瞧見，趕緊上前撲救；無奈風大得很，早已轟轟烈烈，把檐上挂的彩綢一齊燒着。大衆這一驚非同小可！一時七手八脚，异常忙亂：有些人取水潑救，有些人想拿竹桿子去挑。其時戲臺上已經停鑼，衆戲子一齊站在臺口上幫着出力。幸虧其中有一個唱『開口跳』的小醜，本事高强，攀着柱子爬了上去，左一拉，右一扯，總算把彩綢扯下，餘火撲滅。一場大禍，頓歸烏有，衆人方才把心放下。回看地上，業已滿地是水，當差的拿掃帚掃過，重新入席，開鑼唱戲。

當火起的時候，胡統領面色都嚇白了，就叫打轎子說要回去。後見無事，衆官又過來一再挽留，請大人寬用幾杯，替大人壓驚。誰知這位統領大人是忌諱最多的，見了這個樣子，心上狠不高興，勉强喝過幾杯，未及傳飯，首先回船。衆人亦紛紛相繼告辭。胡統領回到船上，開口就說：『今日好端端的人家替我餞行，幾乎失火，不曉得是甚麼兆頭！』衆人不敢回答。虧得文七爺能言慣道，便說：『火是旺相。這是大人升官的預兆，一定是好兆頭。』一句話把他老人家提醒，说说笑笑，依舊歡天喜地起來。

到了第三天，手下之人一齊起早伺候。碼頭上本有彩棚，因爲統領定於今日動身回省，首縣辦差家人重將彩綢燈籠更換一新。大小炮船，一律旌旆鮮明，迎風招展。碼頭左右，全是水陸大小將官，行裝跨刀，左右鵠立。將官之下，便是全軍隊伍，足足站有三四里路之遥，或執刀叉，或擎洋槍。每五十人，便有一員哨官，手拿馬棒，往來彈壓。德政牌、傘言明是日十點鐘由城裏送到船上。趙大人、魯總爺所派武職人員，一早穿了衣帽，同到單太爺那裏，預備冒充本城紳衿，遮掩統領耳目。單太爺又嫌人數太少，不足壯觀，另把自己素有往來的幾個賣買人，甚麽米店老闆、南貨鋪裏掌櫃的，還有兩個當書辦的，一齊穿了頂帽，坐了單太爺預備的小轎。單太爺辦事精細，恐怕惹人議論，叫人悄悄的到傘、牌店裏，把五把傘、四扇牌取來，送到城門洞子裏會齊。又預先傳了一班鼓手在那裏候着。等到諸位副爺、老闆轎子一到，然後將傘撑起，隨着鼓手、德政牌，吹打着一同出城。出城不遠，雖有事，竟於他絲毫不相干涉似的。自從胡統領到嚴州，一直等到回省，始終未見一面。胡統領也曉得他的來頭，所以也並不追求。

正是有話便長，無話便短。胡統領在船上走了幾天，頂到回省已經是年下。照例上院稟見，一則稟陳剿辦情形，二則叩謝隨折保奬。照例公事，敷衍過去。下來之後，便是同寅接風，僚屬賀喜。過年之時，另有一番忙碌。官樣文章，不必細述。單说同去的隨員，黄、文兩位，各自回家。周老爺原有撫院文案差使，撫憲同他要好，一直未曾開去，他回省之后，原舊可以當他的差使。無奈他在嚴州因與胡統領屢屢齟齬，非但托人到京買折奏參，而且還賺了他一萬銀子，將來這事總要發作，浙江終究不能立足。與其將來弄得不好，不如趁此囊橐充盈，見機而作。所以自從回省之后，一直請假，在朋友家中借住。等到挨過元宵，他又借着探親爲名，上院稟見撫憲，口稱：『親老多病，倚閭望切，屢屢寄信前來叫卑職回去。今幸嚴州土匪一律剿平，卑職並無經手未完事件，意欲請假半載，回籍省親。假滿之后，一定仍來報效。』劉中丞是同他有交情的，聽了此言，甚爲關切，不得不允。但

嫌半年日子太長，衹給了三個月的假，還说：『隨折衹保得胡道一人，早奉批折允準。旨意上並準兄弟擇尤保奬，不日就要出奏，老哥的事情，是用不着囑咐的。』周老爺又請安謝過。然後下去稟辭各上司，辭別各同寅，卷卷行李，搭上了小火輪，先到上海，再圖行止。按下慢表。

再说戴大理聽見胡統領回省，先到公館稟見。見面之后，寒暄幾句，胡統領先謝他從中斡旋之事，又提到周老爺，竟其甚不滿意。戴大理便趁勢说了他許多壞話，又说：『這番不給他隨折，也是卑職做的手脚。』胡統領道：『非但不給他隨折，而且等到大案上去的時候，兄弟還要稟明中丞，把他名字撤去才好。』戴大理聽了甚喜。

正是光陰似箭，日月如梭，周老爺去不多時，這裏大案也就出去。胡統領雖與周老爺不對，屢次在中丞面前说他的壞話，戴大理也幫着在内運動，無奈中丞念他往日交情與這一番辛苦，不肯撤去他的名字，依舊保了進去。當經奉旨交部議奏。隨手就有部裏書辦寫信出來，叫人招呼：無非以官職之大小，定送錢之多少；有錢的核準，無錢的批駁。往返函商，不免耽誤時日，所以奉旨已經三月，而部復尚未出來。

此乃部辦常情，不足爲怪。

看看一年容易，早已是五月初旬。一日，劉中丞正在傳見一般司、道，忽然電報局送進一封電傳閣抄。拆開看時，原來是欽派兩位大員，隨帶司員，馳驛前赴福建查辦事件。當下中丞看過，便説與衆人知道。藩臺回稱：『現在福建並没有甚麼事情被人參奏，何以要派欽差查辦？』到底臬臺是當小軍機出身，成案最熟，想了一回，説道：『據司裏看起來，衹怕查的不是福建。向來簡放欽差，查辦的是山東，上諭上一定説是山西，好叫人不防備；等到到了山東，這欽差可就不走了。然而决計等不到欽差來到，一定亦預先得信，裏頭有熟人，没有不寫信關照的。』劉中丞道：『我們浙江不至於有什麼事情叫人説話。』司、道聽了無話。送客之后，歇了兩三天，劉中丞接到京信也是一個要好的小軍機寫給他的，上頭寫的明明白白，是中丞被三個御史一連參了三個折子，所以放了欽差查辦。劉中丞至此方才吃了一驚。到了次日，又奉上諭，已將省分指明，着派兩欽差來浙查辦。但是衹説有人奏，没有提出御史的名字。此亦照例文章，無庸瑣述。至於所參的是那幾款，上諭未曾宣明。合省官員，雖有幾位自己心上明白，究竟一時也不得主腦。過了幾日，京裏的那個小軍機又寫了一封信來，才把被參的大概情形約略通知，雖還不能詳細，大略情形已得六七。列位看官須知：大凡在外省做督、撫的人，裏頭軍機大臣上，如果有人關切，自然是極好的事；即使没有，什麼達拉密章京，就是所稱爲小軍機的那幫人，總得結交一兩位，每年饋送些炭敬、冰敬，凡事預先關照，便是有了防備了。京城裏面劉中丞雖然不少相好，無奈這些人聽見他被參，恐怕事情不妙，都有點退後，不敢同他來往。又有人心上很想通知他，又打聽不出被參的根由，因此不敢多言。本城司、道當中有幾個雖得實信，但是有礙中丞面子，横竪將來總會水落石出，此時也不便多談。有此三層，所以欽差已經請訓南下一月有餘，所參各節，劉中丞反不能全然知道，却是這個緣故。

閑話休題，言歸正傳。且説到了六月底接着電報，曉得欽差已經行抵清江，這邊浙江省城便委了文武巡捕前往迎接。趕到七月中旬，業已頂到杭州。探馬來報，聽説離城不遠。文自巡撫以下，武自將軍

以下，一齊到接官廳，預備恭請聖安。出城不到一刻，遠遠聽得河中小火輪的氣筒嗚嗚的響了兩聲。兩岸接差的營兵，一陣排槍放過，便見兩隻小火輪，拖帶欽差及隨員大小坐船二十餘隻，一路衝風破浪而來。船泊碼頭，三聲大炮，隨見兩位欽差，身着行裝，坐了大轎，抬到岸上，一同出轎，走至香案旁邊，東西站定。將軍、巡撫以下，都統、臬司以上，凡够得着請聖安的，一齊跪定。巡撫、將軍居首，口報：『某官某臣某人，率領某某人，恭請聖安。』然後叩頭下去。欽差照例回答過。一時禮畢。兩位欽差祇同將軍、學臺寒暄了兩句，見了其餘各官，祇是臉仰着天，一言不發，便命打轎進城。其時内城早經預備，把個總督行臺做了欽差行轅。此番辦差非同小可，爲的是查辦本省事件，所以首縣格外當心。藩臺又怕首縣照顧不到，另派了一個同知、兩個知縣，幫同仁、錢二縣料理此事。欽差到了行轅，因爲請訓的時候面奉諭旨，叫他破除情面，徹底根查，所以關防非常嚴密：各官來拜，一概不見。又禁阻隨員人等，不準出門，也不準會客。大門内派了一員巡捕官同一位親信師爺，一天到晚，坐在那裏稽查：有人出入，都要挂號。這個風聲一出，直把合省官員嚇的不得主意。

到了第二天，欽差又傳出話來，叫首縣預備十付新刑具，鏈子、桿子、板子、夾棍，一樣不得少。隨後又叫添辦三十付手銬、脚鐐，十付木鈎子、四個站籠。首縣奉命去辦，連夜做好，次日一早送到行轅。各員聞知，更覺魂不附體。刑具造齊之后，一連兩日不見動静，合城官員越發摸不着頭腦。凡欽差一舉一動，首縣及本省所派的文武巡捕均隨時禀知撫院，今因不見動静，自然格外驚疑。

到了第三天，欽差行轅忽然發出一角公文，咨給本省巡撫。劉中丞拆出看時，上面寫的大略是：

『本大臣欽奉諭旨，來此查辦事件。凡與案内牽涉各員，相應咨請貴撫院，按照另開各員，分别撤任、撤差、看管』各等語。另外一張名單，共是兩個實缺道，是寧紹臺一個，金衢嚴一個，均先撤任；兩個候補道，一個是支應局的老總，一個便是防軍統領胡道臺，均先撤差；五個知府，十四個同、通、州、縣，建德縣莊大老爺亦在其内，得的處分是先行撤任，發交首縣看管。此外是全撤任、撤差，發縣看

管的，共有三個；佐雜班子裏，撤任、撤差的共有八個；此外武官當中也不少。另有一篇名字，是捉拿劣幕二人，一個還是現在撫院的幕府；三個門丁，兩個是跟藩臺的，一個是運司的；又有某處紳士某人；某縣書辦某人……足足有一百五十多個，一時也記不清爽。劉中丞一看，别的還好，偏偏自己幕友也在其内。乃是第一掃臉之事。而且司、道大員，統通有分，便知事情不小。但是來文當中但叫撤任、撤差，拿人看管，並不指出所犯案情。惟因事關欽案，既不敢駁，又不敢問，衹好一一遵照去辦。這個信息一出，真正嚇昏了全省的官，人人手中捏着一把汗。欲待打聽，又打聽不出，這一急尤其非同小可！不在話下。

且説兩位欽差大人自從行文之后，行轅關防忽然鬆了許多。就有幾位隨來的司官老爺，偶爾晚上出門找找朋友，拜拜客。但是出門總在天黑上火之后，日間仍舊頓在家裏。欽差的隨員誰不巴結，他既出來拜客，人家自然趕着親近，有的是親戚、年誼，叙起來總比尋常分外親熱。起先衹約會吃飯接風，後來送東送西，行轅裏面來往的人也就漸漸的多了。兩位欽差衹裝作不聞不知，任他們去幹。這隨帶司員中有一個旗人，名唤拉達，官居刑部員外郎，是正欽差的門生。師生之間，平時極其水乳。杭州候補道裏頭有一個管城門保甲的，也是個一榜出身，姓過名富，同拉達是同榜舉人，也中在正欽差門下。

却説這位正欽差，他是個旗員出身，現官兵部大堂，又兼内務府大臣之職。這趟差使原是上頭有意照應他，説：『某人當差謹慎，在裏頭苦了這多少年，如今派了他去，也好叫他撈回兩個。』等到聖旨一下，還未請訓，他先到老公屋裏，打聽上頭派他這個差使是個甚麽意思。老公説道：『這差使上頭原先要派某某人去的，我們是自己人，有了好事情肯叫别人去嗎？所以就在佛爺跟前，替你把這差使求了下來。』正欽差聽了，自然异常感激，隨手説道：『這件事情鬧的很不小，看來很不好辦。要請請示，上頭是個甚麽意思？』老公鼻子裏撲嗤一笑道：『現在還有難辦的事情嗎？佛爺早有話：「通天底下一十八省，那裏來的清官？但是御史不説，我也裝做糊塗罷了。就是御史參過，派了大臣查過，辦掉幾個人，還不是這們一件事。前者已去，后者又來，真正能够懲一儆百嗎？」這才是明鑒萬裏呢！你如今到浙江，事情雖管的，共有三個；佐雜班子裏，撤任、撤差的共有八個；此外武官當中也不少。另有一篇名字，是提拿劣幕二人，一個還是現在撫院的幕府；三個門丁，兩個是臬臺的，一個是運司的；又有某處紳士某人；某縣書辦某人……足足有一百五十多個，一時也記不清爽。劉中丞一看，別的還好，偏偏自己幕友也在其內。乃是第一掃臉之事。而且司、道大員，統通有分，便知事情不小。但是來文當中但叫撤任、撤差，拿人看管，並不指出所犯案情。惟因事關欽案，既不敢駁，又不敢問，祇好一一遵照去辦。這個信息一出，真正嚇昏了全省的官，人人手中提着一把汗。欲待打聽，又打聽不出。這一急尤其非同小可！不在話下。

且說兩位欽差大人自從行文之后，行轅關防忽然鬆了許多。就有幾位隨來的司官老爺，偶爾晚上出門找找朋友，拜拜客。但是出門總在天黑上火之后，日間仍舊頓在家裏。欽差的隨員誰不巴結，他既出來拜客，人家自然趕着親近，有的是親戚，年誼，敘起來總比尋常分外親熱。起先祇約會吃飯談風，後來送東送西，行轅裏面來往的人也就漸漸的多了。兩位欽差祇裝作不聞不知，任他們去幹。這隨帶司員中有一個旗人，名喚拉達，官居刑部員外郎，是正欽差的門生。師生之間，平時極其水乳。杭州候補道裏頭有一個管城門保甲的，也是個一榜出身，姓過名富，同拉達是同榜舉人，也中在正欽差門下。

卻說這位正欽差，他是個旗員出身，現官兵部大堂，又兼內務府大臣之職。這趟差使原是上頭有意照應他，說：「某人當差謹慎，在裏頭苦了這多少年，如今派了他去，也好叫他撈回兩個。」等到聖旨下，還未請訓，他先到老公屋裏，打聽上頭派他這個差使是個甚麼意思。老公說道：「這差使上頭原先要派某某人去的，我們是自己人，有了好事情肯叫別人去嗎？所以就在佛爺跟前，替你把這差使求了下來。」正欽差聽了，自然異常感激，隨手說道：「這件事情關的根不小，看來很不好辦。要請請示，上頭是個甚麼意思？」老公鼻子裏撲哧一笑道：「現在還有辦辦的事情嗎？佛爺早有話：『通天底下一十八省，那裏來的清官？但是御史不說，我也裝做糊塗罷了。就是御史參過，派了大臣查過，辦掉幾個人，還不是這們一件事。前者已去，后者又來，真正能夠懲一儆百嗎？』這不是明鑒萬裏呢！你如今到浙江，事情雖然不好辦，我教給你一個好法子，叫做「祇拉弓，不放箭」：一來不辜負佛爺栽培你的這番恩典；二來落個好名聲，省得背後人家咒罵；三來你自己也落得實惠。你如今也有了歲數了，少爺又多，上頭有恩典給你，還不趁此撈回兩個嗎？』正欽差聽了，別的還不在意，倒於這個『祇拉弓，不放箭』兩句話，着實心領神會。

等到辭別出京，頂到杭州，一直恪守這老公的一番議論。外面風聲雖然利害，甚麽拿人、造刑具，鬧得一天星鬥；其實他老人家天天坐在行轅裏面，除掉聞鼻烟、抽鴉片之外，一無所事。空閑之時，便同幾個跟班的唱唱二黄蓮花落，消遣消遣。不但提來的人，他一個不審，一個不問；就是調來的案卷，他老人家始終没有瞧過一個字，祇吩咐交給司員們看。同來的副欽差雖是個漢人，他的官不過是個副憲，頂子還没有紅，各式事情都讓正欽差在頭裏，總不肯越過他去。至於帶來的司員，很有幾個懂得例案，留心公事的；無奈見了欽差如此舉動，一齊没了主意。其中祇有員外郎拉達，因是正欽差的門生，他二人做了一氣，正欽差拿他當心腹人看待。他又同他同年過道臺做了聯手。

這位過富過道臺，本是個一榜，上代也很有交情。自從到省以來，足足一十七載。從前幾任巡撫看他上代的面子，也很委過他幾趟差使。無奈他太無能耐，不是辦的不好，就是鬧了亂子回來。所以近來七八年，歷任巡撫都引以爲戒，不敢委他事情，祇叫他看看城門，每月支領一百塊洋錢的薪水。每逢牌期、朔、望，雖然跟了許多司、道上院，不過照例挂號，永無傳見之期，真正黑的比煤炭還黑。不料天無絶人之路，偏偏本省出了亂子，接二連三被都老爺參上幾本。事情鬧大了，以致放欽差查辦，剛巧是他中舉的老師。頭一天去禀見，巡捕傳出話來，説是欽差不見客。起初他還不曉得老同年拉達同來，過了幾天，拉達先拿着『年愚弟』帖子前來拜望，叙起來知道是同榜、同門，因此非常親熱。拉達受了欽差的吩咐，有心要叫過道臺做拉馬，他二人竟其没有一天不碰頭兩三次。凡欽差行轅一舉一動，本省大憲是没有不知道的。自從他二人要好，一班耳報神早已飛奔的報到撫臺跟前了。

這幾天撫臺正爲這事茫無頭緒，得了這個信，便傳兩司來商議。還是臬臺老練有主意，説道：『既然過道是欽差的門生，少不得將來

要照應他的。大人不如先送個人情給他，一來過道感激大人的栽培，各色事情没有不竭力報效的；二來叫欽差瞧着大人諸事都有他臉上，他也不好不念大人這點情分；三則過道既同欽差隨員相好，也可以借他通通氣。好在目下支應局、營務處、防軍統領出了幾個差使都没有委人，大人何不先委他一兩樁？這個人情是樂得做的。」撫院聽了甚以爲然，立刻應允。等到兩司回去，未到天黑，札子已經寫好，送到過道臺的公館裏去了。

且説過道臺自從黑了許多年，手中也着實拮据。現在老同年到了，總得些微應酬點，而且還想他在老師跟前吹噓吹噓，再托本省撫憲另外委他個好點的差使。幸喜他秉性忠厚，祇想老同年替他説兩句好話，至於借名招摇的事確絲毫没有。這天正在公館裏打算：「明天請老同年逛西湖，祇要一隻船，到了西湖，隨便到岸上小酌一頓，化上頭兩塊錢，便算請過了他，盡了東道之誼。」窮候補了多年，飯館子上都欠不動了，祇好打這個小算盤，這正是他的苦處。

不料正在打主意的時候，忽然院上送了兩個札子來。過道臺是多

年不見紅點子的人，忽然院上送來兩個札子，還不知道什麽事情，甚是驚訝不定。等到拆開一看，才曉得是委了兩個差使：一個支應局，一個營務處。這一喜非同小可！第二天上院謝委，磕頭起來，説了許多感激的話。劉中丞也着實拿他灌米湯，還説：「老兄的大才，兄弟是素來知道的。一向没有機會，所以拿你擱到如今，以后借重的地方還不少。」過道臺的底子畢竟忠厚，從此以后，便一心一意幫着劉中丞，替他出力。都是後話不提。

單説他上院下來，次日會見老同年，忙把此事告知。拉達心上明白，回到行轅，亦禀知了老師。欽差會意，等到晚上無人的時候，請了拉達過來，面授機宜，如此如此，這般這般的，吩咐了一番。拉達道：「老師的事情，門生還有不竭力的嗎。但是一件，我們也祇可以逸待勞，以静待動，等他們來請教我們。若是我去俯就他，這就不值錢了。」欽差道：「是呀，你老弟的話一些兒不錯。聽憑你老弟去辦，我没有不好商量的。」拉達次日一早便去拜望過道臺。門上人説：「我們大人一早就被院上傳了去，下來還要拜客，一時間怕不得轉來。」拉達

要頂總他的。大人不如先送個人情給他，一來通道感激大人的栽培，各色事情沒有不竭力報效的；二來叫欽差瞧著大人請事替他臉上，他也不好不念大人這點情分；三則通道既同欽差隨員相好，也可以借他通通氣。好在目下支應局、營務處、防軍統領出了幾個差使都沒有委人，大人何不先委他一兩樣？這個人情是樂得做的。」撫院聽了甚以為然，立刻應允。等到兩司回去，未到天黑，札子已經寫好，送到了。

且說過道臺自從罷了許多年，手中也着實拮据。現在老同年到了，總想些微沾潤點，而且還想他在老師跟前吹噓吹噓，再托本省撫臺另外委他個好點的差使。幸喜他本性忠厚，祇想老同年替他說兩句好話，至於借名招搖的事，確然沒有。這天正在公館裏打算：「明天請老同年遊西湖，祇要一隻船，到了西湖，隨便到岸上小館子一頓，化上頭兩塊錢，便算請過了他，盡了同年之誼。」竟候補了多年，飯館子上都欠不動了，祇好打這個小算盤，這也是他的苦處。

不料正在打主意的時候，忽然院上發了兩個札子來。過道臺是多

年不見紅點子的人，忽然院上送來兩個札子，還不知道什麼事情，甚是驚訝不定。等到拆開一看，才曉得是委了兩個差使：一個支應局，一個營務處。這一喜非同小可！第二天上院謝委，磕頭起來，說了許多感激的話。劉中丞也着實拿他灌米湯，還說：「老兄的人才，兄弟是素來知道的。一向沒有機會，所以拿你擱到如今，以后借重的地方還不少。」過道臺的底子畢竟忠厚，從此以后，便一心一意幫著劉中丞，替他出力。都是後話不提。

單說他上院下來，次日會見老同年，才把此事告知。拉達心上明白，回到行轅，亦就知了老師。欽差會意，等到晚上無人的時候，請了拉達過來，面授機宜，如此如此，這般這般的，吩咐了一番。拉達道：「是，師的事情，門生還有不竭力的嗎。但是一件，我們也祇可以遵行等，以靜待動，等他們來請教我們。若是我太做就他，這就不值錢了。」欽差道：「是呀，你老弟的話一些兒不錯。聽憑你老弟去辦，我沒有不好商量的。」拉達次日一早便去拜望過道臺。門上人說：「我們大人一早就被院上傳了去，下來還要拜客，一時間怕不得轉來。」拉達

聽説，衹好回去。

且説過道臺是日一早果然是被劉中丞傳到院上。這日劉中丞托稱感冒，吩咐巡捕官止了轅門，凡官員來見的一概道乏，單傳了過道臺進去，又叫把他請進内簽押房，以示要好之意。等到過道臺進來，劉中丞已站在那裏等候許久了。二人相見，打躬歸坐。中丞穿的是件接衫，也没有戴大帽子。見面先讓升冠，又問：『便衣帶來没有？』過道臺回稱『没帶』。中丞便同自己跟班的説道：『我的衣服過大人穿着還對，快去把我新做的那件實地紗大褂拿來給過大人穿。』跟班的答應着。去不多時，取了出來給過道臺穿上。尚未坐定，中丞又説：『今兒天早得很，衹怕没有吃點心。』又叫跟班的上去拿點心，『我同過大人一塊兒吃』。少刻點心擺上，二人對吃。一頭吃，一頭説，無非説些閑話，還没有提到正經。一霎點心吃完。劉中丞見過道臺頭上汗珠有黄豆大小，滚了下來，又趕着叫他寬大褂，又叫他把小褂一齊脱掉，吩咐管家絞手巾，『替過大人擦背』。正鬧着，巡捕拿着手本來回道：『已撤防軍統領胡道禀見。』中丞把眼一瞪道：『我有工夫會他嗎！我説過今天不見客，你們没有耳朵嗎？』巡捕道：『胡道説有要緊公事面回。』劉中丞道：『什麼要緊公事，叫他去找戴某人。』巡捕碰了釘子下來，不敢作聲，衹好通知胡統領，叫他去找戴大理。胡統領無奈，低頭忍氣而去。

且説過道臺承中丞這一番優待，不禁受寵若驚，坐立不穩，正不知如何是好。一時擦背已畢，歸坐奉茶。劉中丞慢慢的同他講到：『欽差來到這裏查辦事件，到底不曉得幾時可了。事了之後，還得請他叙叙。兄弟那年上京陛見的時候，同他二位很會過幾次。聽説正欽差還是老兄的座主。』過道臺忙答應了一聲『是』。又回：『查辦的事這兩天雖然不見動静。隨員當中，職道有個同年，天天到職道那裏來的。大人有什麼事情，職道可以問他。』劉中丞道：『我有什麼事怕人説話？老夫子呢，是歷任請下來的，又不是我的親戚故舊；好便好，不好驅逐回籍也與我毫不相干。我怕的是事情鬧的太大了，未免牽動全局；全局一壞，將來杭州的官不好做，差事也不好當了。我爲的是大衆，並非是我一人之事。』

這點機關難道我還不懂。總之，這件事不是看你同年面上，我兄弟一定不答應，定要回過欽差，給他一個水落石出。現在一來是你老同年一力擔當，難道我們這點交情還没有。二來你老同年才得了這個美差，生怕再换一個上司，差使不牢，可是這個緣故？」過道臺又把臉一紅道：「我有你老同年照應，要署缺也容易，當個把差使算不得甚麽。」拉達道：「我是説頑話，你别生氣。」過道臺道：「你真正把我當作傻子了。彼此説説笑笑，那有當作真的道理。」拉達道：「真是真，假是假，這事情也不是我一個人能作得主的。果然他們有甚麽意思，等我回過上頭，再通知你罷。」

過道臺道：「這個自然。但是原參的底子你不妨先給我知道。」拉達道：「這個底子我雖然不妨拿給你看，我同你還分甚彼此，不過我們這幾個同事有兩個很疙瘩的，我給你看了，他們不曉得我二人的交情，還當我得了你幾多銀子似的。想起來真正可恨！」過道臺道：「祇要肯拿出來，這點小意思，中丞吩咐過，原應得盡心的。」拉達見説的話漸漸合拍，便讓過道臺到自己住的房間裏坐，又讓過道臺在床沿上坐了，把嘴凑在過道臺耳朵上，同他低低説道：「這事我好瞞别人，瞞不得你老同年。老師早有過話了，一齊在内，總得這個數。」一面説，一面伸了兩個指頭。

過道臺道：「二萬？」拉達道：「差的天上地下哩！」過道臺道：「二十萬？」拉達道：「止有一折。」過道臺道：「怎麽祇有一折！」拉達道：「老師説過，總要二百萬，二十萬豈不是才有一折。」過道臺聽了，半天無話。拉達曉得他意思嫌多，便説：「事情又不是我的事情，你也不過做個當中人。這一個要得出，祇要那一個答應得下，要你替古人擔憂做什麽呢？」過道臺道：「你既開了盤子，我總替你達到。但是底子你可先給我瞧瞧。」拉達道：「這是我們同事裏的好處，我一人實實做不得主；但是你老同年既然如此説了，我再不給你瞧，朋友面上也難爲情。如今我硬作主，你能答應五萬銀子，我就抄給你瞧。同事裏頭有什麽説的，等我替你去抗。」過道臺聽了還以爲多，後來講來講去，讓到二萬銀子，再少一個，斷斷辦不到。過道臺祇得一力擔承。拉達又叫他寫個欠銀字據，嘴裏説道：「並不是不放心你。

人家曉得咱倆是同年，你不寫這個，別人還要疑心我得了你若干，你寫這個，總算是照應我的。』過道臺無奈，衹得提筆在手，寫了一張字據交與拉達。然後拉達從拜盒裏取出參案的底子來。過道臺見了，舌頭一伸，幾乎縮不下去。欲知後事如何，且聽下回分解。

人家聽得明明是同一件，你不寫這個，別人還要疑心教授了你若干，你寫這個，總算是照應收的。」過道甚無示，祇得提筆在手，寫了一張字據文與拉達。然後拉達從拜盒裏取出參家的底子來。適逢遇見了，直頭一件，幾乎絕不下去，欲知後事如何，且聽下回分解。